SKILL Invader / Queen of Destruction /
...killing / Double stomp / Double Impact /

Yui's STATUS

Lv24 HP 35/35

MP 20/20

[STR 325] [VIT 0]

[AGI 0] [DEX 0]

[INT 0]

MP 20/20

[STR 325] [VIT 0]

[AGI 0] [DEX 0]

[INT 0]

SKILL Invader / Queen of Destruction /
Giant killing / Double stomp / Double Impact /
Throwing / Attack Enhancement small /
Knowledge of the hammer II

怕痛的我，把防禦力點滿就對了 4

夕蜜柑

[插畫] 狐印

Welcome to "NewWorld Online".

Kadokawa Fantastic Novels

CONTENTS

All points are divided to VIT.
Because
a painful one isn't liked.

序章 011

第一章 防禦特化與第四次活動 012

第二章 防禦特化與兩名強敵 043

第三章 防禦特化與夜晚 079

第四章 防禦特化與出閘 108

第五章 防禦特化與準備出擊 131

第六章 防禦特化與變更布陣 154

第七章 防禦特化與夜晚的黑 184

第八章 防禦特化與舒適圈 212

尾聲 防禦特化與聯繫 219

0850 1048 4070 7603

NewWorld Online STATUS

NAME 梅普露 Maple

Lv 35

HP 200/200 MP 22/22

STATUS

STR 000 VIT 1235 AGI 000 DEX 000 INT 000

EQUIPMENT

新月 skill 毒龍 | 闇夜倒影 skill 暴食 | 黑薔薇甲 skill 流滲的混沌

感情的橋樑 | 強韌戒指 | 生命戒指

SKILL

盾擊 步法 格擋 冥想 嘲諷 鼓舞 低階HP強化 低階MP強化

塔盾熟練Ⅴ 衝鋒掩護Ⅳ 掩護 抵禦穿透 反擊 絕對防禦

殘虐無道 以小搏大 毒龍吞噬者 炸彈吞噬者 綿羊吞噬者 不屈衛士 念力

要塞 獻身慈愛 機械神

6892 1179 0606 0847

NewWorld Online STATUS

NAME 莎莉 Sally

Lv 30

HP 32/32 MP 80/80

STATUS

STR 070 VIT 000 AGI 158 DEX 045 INT 050

EQUIPMENT

深海匕首 | 水底匕首

水面圍巾 skill 幻影 | 大海風衣 skill 大海

大海衣褲 | 黑色長靴 | 感情的橋樑

SKILL

疾風斬 破防 鼓舞 倒地追擊 猛力攻擊 替位攻擊

快速連刺Ⅳ 體術Ⅴ 火魔法Ⅱ 水魔法Ⅲ 風魔法Ⅲ 土魔法Ⅱ 闇魔法Ⅱ 光魔法Ⅱ

低階肌力強化 低階連擊強化

低階MP強化 低階MP減免 低階MP恢復速度強化 低階抗毒 低階採集速度強化

匕首熟練Ⅴ 魔法熟練Ⅲ

異常狀態攻擊Ⅳ 斷絕氣息Ⅱ 偵測敵人Ⅱ 躡步Ⅰ 跳躍Ⅲ

烹飪Ⅰ 釣魚 游泳Ⅹ 潛水Ⅹ 剃毛

超加速 古代之海 追刃 博而不精 劍舞

…ll points are divided to VIT. Because a painful one isn't li…

Welcome to "NewWorld Online…

0557 4654 3729 1094

NAME 克羅姆 HP 840/840 MP 52/52 LV 56

STATUS

STR 125 VIT 175 AGI 020 DEX 020 INT 010

EQUIPMENT

斷頭刀 skill 生命吞噬者 | 怨靈之牆 skill 吸魂 | 染血骷髏 skill 靈魂吞噬者 | 染血白甲 skill 非死即生 | 頑強戒指 | 鐵壁戒指 | 防禦戒指

SKILL

突刺 炎斬 冰劍 盾擊 步法 格擋 大防禦 嘲諷
鐵壁姿態 高階HP強化 高階HP恢復速度強化 低階MP強化 塔盾熟練X 防禦熟練X
衝鋒掩護X 掩護 抵禦穿透 反擊 防禦靈氣
高階抗毒 中階麻痺抗性 中階暈眩抗性 中階睡眠抗性 中階冰凍抗性 低階燃燒抗性
挖掘Ⅳ 採集Ⅴ 剃毛 精靈聖光 不屈衛士 戰地自癒

1121 6511 1627 4925

NAME 伊茲 HP 100/100 MP 100/100 LV 40

STATUS

STR 045 VIT 020 AGI 065 DEX 210 INT 030

EQUIPMENT

鐵匠鎚·X | 鍊金術士護目鏡 skill 搞怪鍊金術 | 鍊金術士風衣 skill 魔法工坊 | 鐵匠束褲·X | 鍊金術士靴 skill 新境界 | 藥水包 | 腰包 | 黑手套

SKILL

打擊 製造熟練X 高階強化成功率強化 高階採集速度強化
高階挖掘速度強化 異常狀態攻擊Ⅱ 躡步Ⅲ 鍛造X 裁縫X 栽培X 調配X
加工X 烹飪X 挖掘X 採集X 游泳Ⅳ 潛水Ⅴ 剃毛 鍛造神的護祐Ⅷ

3030 8825 2743 3535

NAME 奏 HP 335/335 MP 290/290 LV 22

STATUS

STR 015 VIT 010 AGI 020 DEX 030 INT 110

EQUIPMENT

諸神的睿智 skill 神界書庫 | 方塊報童帽·Ⅷ | 智慧外套·Ⅵ | 智慧束褲·Ⅷ | 智慧之靴·Ⅵ | 黑桃耳環 | 魔導士手套 | 神聖戒指

SKILL

魔法熟練Ⅴ 中階MP強化 低階MP減免 中階MP恢復速度強化
火魔法Ⅲ 水魔法Ⅱ 風魔法Ⅲ 土魔法Ⅱ 闇魔法Ⅰ 光魔法Ⅱ 魔導書庫

Welcome to "NewWorld Online"

2128 0779 2864 5999

NAME 霞 HP 435/435 MP 70/70 LV 54

STATUS

STR 170 VIT 080 AGI 090 DEX 020 INT 020

EQUIPMENT

無銘刀 櫻色髮夾 櫻色和服 靛紫袴裙

武士脛甲 武士手甲 金腰帶扣 櫻花徽章

SKILL

一閃 破盔斬 崩防 掃退 立判 鼓舞 攻擊姿態 刀術Ⅹ

高階ＨＰ強化 低階ＭＰ強化 高階抗毒 高階麻痺抗性

長劍熟練Ⅹ 武士刀熟練Ⅹ 挖掘Ⅳ 採集Ⅵ 潛水Ⅴ 游泳Ⅵ 跳躍Ⅶ 剃毛

望遠 不屈 劍氣 勇猛 怪力 超加速 常在戰場

5615 1896 1080 8803

NAME 麻衣 HP 35/35 MP 20/20 LV 24

STATUS

STR 325 VIT 000 AGI 000 DEX 000 INT 000

EQUIPMENT

破壞黑鎚·Ⅷ 黑色娃娃洋裝·Ⅷ

黑色娃娃褲襪·Ⅷ 黑色娃娃鞋·Ⅷ

小蝴蝶結 絲質手套

SKILL

雙重搥打 雙重衝擊 低階攻擊強化 巨鎚熟練Ⅱ 投擲

侵略者 破壞王 以小搏大

5272 0557 2241 2738

NAME 結衣 HP 35/35 MP 20/20 LV 24

STATUS

STR 325 VIT 000 AGI 000 DEX 000 INT 000

EQUIPMENT

破壞白鎚·Ⅷ 白色娃娃洋裝·Ⅷ

白色娃娃褲襪·Ⅷ 白色娃娃鞋·Ⅷ

小蝴蝶結 絲質手套

SKILL

雙重搥打 雙重衝擊 低階攻擊強化 巨鎚熟練Ⅱ 投擲

侵略者 破壞王 以小搏大

Welcome to "NewWorld Online"

序章

梅普露將點數全砸在防禦力，一躍躋身頂尖玩家之列後，和朋友莎莉共組公會【大楓樹】，招攬到同樣使用塔盾的克羅姆、用武士刀的霞，以及能藉技能【神界書庫】隨機獲得技能的奏。

後來再加上工匠伊茲，與全點攻擊力的結衣和麻衣，且整團八人要一起參加第四次活動。第四次活動將經過時間加速，各公會需要搶奪其他公會據點的寶珠並守住，以獲得分數計算勝負。

玩家每次死亡都會造成能力下降，死亡五次就會強制淘汰。與人數多而可以用犧牲打戰術的大型公會相比，【大楓樹】顯然不利。

然而為了拿到好名次，【大楓樹】仍擬定了種種戰術。

「目標高名次！」

梅普露高喊一聲鼓振士氣，八人逐漸被白光籠罩。

「好～跟他拚了！」

眼前化為一片白的同時，梅普露緊緊握起拳頭。

第一章　防禦特化與第四次活動

當光輝淡去，八人眼前是一個盛放綠色發光寶珠的台座，他們立刻明白這裡就是公會據點。這個位在洞穴最深處的地方，即為【大楓樹】的大本營。

活動場地像第二次活動那樣廣大，有各種地形。與草原相比是易守得多。

寬廣的空間裡，有三條通道。

莎莉和霞很快就探完位在台座後的兩條，回來報告。

「這邊走到底有可以打水的地方，能用來休息。」

「我這邊沒什麼東西，要躺一下的話是還可以。」

「也就是說，剩下那條是通往地面的囉？的確是很好守的樣子。」

只有一個出入口，就不用擔心腹背受敵了。

「那我們開打囉。」

「好，照計畫行事。」

莎莉、克羅姆和霞三個攻擊組不願浪費寶貴時間，跑出據點。

莎莉和霞機動力高，克羅姆具有隨時視情況切換攻守的彈性，所以負責外出攻擊。

梅普露負責防衛寶珠，和奏跟伊茲一起支援結衣和麻衣。為了徹底守住搶來的寶珠，他們將據點布置成銅牆鐵壁。

留守的都穿上伊茲發下的袍子，她自己也一樣，坐在寶珠邊。這布袍沒有任何防禦力，就只是用來掩藏外表而已。不讓人一眼就看出梅普露在是很重要的事。【大楓樹】的防衛戰略是以結衣和麻衣為攻擊中心，其餘三人專心支援，打倒以為他們人少好欺負而傻傻衝進來的玩家。

如此可以削弱附近的公會戰力，讓莎莉他們打得更容易。

所有人都知道梅普露身上滿滿是危險又異常的招式，知道她在就很可能不戰而逃，所以需要掩飾。

「有人來的話就靠麻衣跟結衣囉！我也會加油的！」

梅普露舉盾展現自信。

「好！……雖然練習了很多，但還是不知道行不行耶。」

「放心啦，姊姊！其實……我也有點怕怕的就是了。」

奏對忐忑不安的姊妹倆說：

「梅普露會保護妳們，妳們專心攻擊就對了。」

「對呀，包在我身上！」

兩人的安撫讓結衣和麻衣安了點心，都微笑著握起拳頭。

「總之，我們就先等他們三個搶寶珠回來吧。」

五人以不消耗無謂體力的方式警戒著出入口，靜觀其變。

◆□◆□◆□◆□◆

攻擊組的三人在隨處有矮樹叢的濃密森林中安靜移動。

「發現敵人就直接殺掉，沒問題吧？」

「沒有問題……我們就先從附近開始搜，把周圍的危險一個個排除掉。」

當莎莉在森林裡前進時，聽見上述其他玩家的對話聲。

「我先過去看一下，幹掉幾個再引過來，你們找機會動手。」

「ＯＫ～」

「我會躲在這邊的草叢裡。」

各自準備就緒後，莎莉身輕如燕地跳過一條條粗枝，前往聲音來處。

發出聲響的是一組五人團隊，他們也是早早就離開據點尋找寶珠。

「附近應該至少有一個吧……」

「不用急，穩穩找就好。」

就在五人的最後一個經過某棵樹底下的瞬間。

莎莉腳掛樹枝一聲不響地倒懸而下，用兩把匕首斬過他的後頸。

「哇啊啊啊啊！」

其他人還不曉得出了什麼事，莎莉繼續無情地追擊。

聽到驚慌叫喊而回頭的四人，見到同伴死亡並化為光點時，風刃更朝他們飛去。

冷不防就一個同伴被放倒，其餘四人顯得很緊張。

「…………」

結果莎莉轉身就跑。

「啊。喂！站住！」

混亂立刻傳染，讓他們下了錯誤決定，想都沒想就往逃跑的凶手追，沒有發現那是莎莉的陷阱。

就在他們以為能追上莎莉時。

從草叢揮出的武士刀與砍刀，給帶頭的男子造成致命傷害。

「糟……糕！」

知道中伏已經太遲。

第三個也被霞砍倒了。

「撤退……啊！」

企圖逃跑的女性玩家背部遭莎莉的【火球術】擊中而踉蹌。

「哼！」

完全無法避開克羅姆的砍刀。

「……很好。」

「嗯，我走囉。」

莎莉三個刻意縱放一人。

憑他一個不可能去搶其他公會的寶珠，會先撤回據點。不過，其實最後一個應該認命點死在外面才對。

這樣就不會引狼入室了。

霞和克羅姆打開地圖，查看莎莉的位置。地圖上標示莎莉名稱的紅色三角標記正在移動。

他們兩個只要追隨一路跟蹤逃跑玩家的莎莉的標記就行了。

「在那個方向，走吧。」

「好。我先走好了，比較保險。」

兩人就此追隨莎莉而去。

「啊，來了來了。」

莎莉從樹上叫喚他們。

「就是那個山洞嗎？」

莎莉對霞的問題點點頭。

不遠處有個隱藏在林蔭下，不太明顯的山洞。

「對。和我們一樣是最小型吧，可能勉強算中型。不曉得有幾個人。」

「那我就照計畫帶頭，應該打得掉吧。」

防禦及生存能力強的克羅姆如其所言，帶頭走進山洞。

沒走多久，就見到盛放寶珠的台座。

而那個逃回來的玩家，正對三十幾個玩家說他遭遇埋伏的事。

其中當然有人是面對出入口，發覺有人入侵。

「小心，他們來了！」

看似會長的男人大聲號令，拔劍舉盾，在場所有人也跟著抄傢伙。

「好，上囉？」

克羅姆打頭陣，莎莉和霞緊跟在後。

敵方的近戰玩家衝過來，圍攻克羅姆。

擋。

克羅姆當然會受傷，可是圍攻這種事，本來就是有人會遭到反擊，有人會遭到抵擋。

當近戰集團注意到克羅姆頭頂上的血條在削減以後又迅速補回全滿，覺得危險而遠離的那一刻，莎莉和霞一口氣殺了出去。

儘管魔法不斷射來，莎莉仍預知所有軌道般穿梭在魔法之雨中斬倒敵人，而克羅姆也紮實地用【掩護】保護霞。

「這樣才打不到我咧！」

「她的迴避力還是一樣可怕……真希望我也可以！」

霞這麼說之餘，用快過莎莉的步調打倒玩家。兩人以各個擊破的方式削減敵方人數，而克羅姆也沒在客氣，趁對方在注意她們時出刀。

敵人的治療在集中攻擊前形同無物，一個接一個地倒下。

「不、不會吧！」

「坦麻痺了！至少幹掉一個！」

也許是爭一口氣吧，敵人不停使用異常狀態攻擊，終於使克羅姆麻痺而無法動彈，依靠其堅實防禦抵擋致命傷的戰線也無法繼續維持。他是依靠攻擊來補血，這樣就補不回來了。

「唔……人數差這麼多真的不好打……！」

八個人包圍因異常狀態而動作停滯的克羅姆，仗著人多狂放技能和魔法。

然而，他們最後仍是功虧一簣。

克羅姆背後浮現紅色骷髏，ＨＰ減到１就不再降低。

本來會死的克羅姆，因為在削光他ＨＰ那一擊觸動了裝備技能【非死及生】，有50％機率可以１ＨＰ存活下來。

而且只要運氣好，就能無限延續。

「哈，運氣不錯嘛？」

「【治療術】！」

莎莉用魔法恢復他的ＨＰ，麻痺的時效也過了。

拚最後一口氣的攻擊也無疾而終，他們被取回力量的克羅姆和其他兩人當場打趴。

「如果是以前的裝備，【不屈衛士】已經用掉了。被那麼多人圍毆還撐得住的，就只有梅普露了吧……」

克羅姆也是頂級玩家，可是在麻痺的狀況下遭到全方位海扁，也不知道能不能存活下來。能剩最後一點點血就算不錯了。

殺敵數最多的是霞。擁有三人之中最高的攻擊力和次高的機動力，不是擺好看的。

唯一裝備盾牌與重甲的克羅姆看起來就是坦而頭一個挨轟，ＨＰ扣到最後一滴。為了保留有次數限制的技能，需要多少冒一點險。

今天才剛開始，某些技能不能太早用。

克羅姆是因為有【不屈衛士】而確定自己不會死，才沒有使用必定可以自保的技能。

「好，拿到寶珠了……霞，妳先拿回去吧，我要在這附近偵察一下。照這樣看來，說不定各個公會據點的距離比我們想像中更近。」

莎莉從台座取下這次活動需要收集的寶珠並交給霞保管，慎重檢查洞裡有沒有玩家躲著以防偷襲。

最後她留在戰場上，調查這附近究竟有多少公會，讓克羅姆和霞帶戰利品回去。玩家會重生在據點附近，所以難以埋伏，留下來也沒用。

霞和克羅姆正要返回據點時，入侵者也來到了【大楓樹】。

「只有五個！可以！」

這八人團隊勢在必得地往梅普露幾個前進，可是迎接他們的，卻是丟得像雪球一樣輕鬆的高速鐵球。結衣和麻衣捨棄防禦和敏捷，將攻擊力特化至極限又獲得【侵略者】強化，火力是超乎想像。

「「嘿！」」

隨可愛叫喊丟出的鐵球轟隆隆地殺向玩家。

躲在盾牌後的人，也連人帶盾被鐵球砸爆。

想用劍彈開的人，照樣是劍斷人亡。

「拿去拿去，盡量丟喔。」

伊茲不斷往她們腳邊補充鐵球。只要球不斷，她們就能瘋狂砸出殘酷的現實。

「……好像不用特別保護耶？」

「好像是，我都沒事做了。」

梅普露和奏就只能看玩家一一倒下。

知道沒有勝算而逃跑的人，也因為當初衝得太快而忘了通道有多長，只能看著遠得令人絕望的出口，感到背後的衝擊而消失。

這八名玩家雖遭到痛擊而死回據點，但還是能警告公會同仁千萬不要接近那裡。光是這句話，就堪稱是最大的功勞了。

單獨留下的莎莉在樹上、草叢和石堆間快速潛行，在遠離據點的地方共發現五個公會。

儘管距離掌握地圖全貌還遠得很，但已能確定廢墟、樹林或大湖等顯眼的地標附近會有公會據點。

其中不只有最小型，也有疑似中型的公會。有的公會有近五十名玩家，很接近大型公會了。

莎莉在地圖上記錄位置以後就離開現場，不讓他們發現。

「中型的在廢墟中央……寶珠有屋頂遮著，可是周圍沒有牆……」

莎莉關閉地圖，倚著樹幹尋思。

先前的戰鬥一如預想，將消耗壓到最低而得勝，不過下一次不一定會這麼順利。

另外，莎莉在偵察過程中發現野外幾乎沒有配置道具，就只有少數材料和恢復用的道具。

其中只有恢復裝備耐用度的活動專用道具機率比較固定。

藥水方面，一旦材料耗盡就難以補充。

「到處都有很激烈的戰鬥……到第五天的話ＭＰ藥水也喝光了吧？」

ＭＰ藥水耗得比ＨＰ藥水凶。足以扭轉戰局的魔法或技能，ＭＰ消耗也特別劇烈。

在這個會反覆戰鬥的活動中，肯定會耗得更快。

到了第五天，魔法支援恐怕會變得很少。

「嗯……可是不先多賺一點分數，不太可能追上大型公會耶。像剛才那樣還滿危險的，對方人多很多的時候有梅普露比較穩，不過這是不可能的事……那現在能做的是……」

不多搶點寶珠，與大型公會的差距就會愈來愈大。

莎莉想了一會兒後做出結論，用披風包起全身，飛躍於林梢之間，尋找玩家的蹤影。

片刻，莎莉找到一個三人組。這裡和他們先前搜的地方一樣有很多樹叢，視野不佳。

從樹上聽見的對話，可以推測他們是偵察部隊。

確定武器為法杖、巨劍和劍盾後，莎莉稍微遠離該處悄悄落地，製造誤觸樹叢的聲響並跑過三人組附近。

為了表現出被人發現的焦急，還補一聲「嘖」。

「……！一個而已！我們上！」

「好，看我的！」

即使是偵察部隊，三打一仍是有利。

而且莎莉一副想遠離他們的樣子，出手攻擊也是極其自然的事。

莎莉不時往後瞄，見到對方射出魔法，巨劍手也以衝鋒技能快速追擊而來。

閃過魔法後，莎莉踉蹌地避開衝鋒。

再用匕首架開就等這一刻般揮來的單手劍，以翻滾閃躲接連射來的三發風刃。

「【跳躍】！」

莎莉用技能拉開距離並重整架勢，雙手握定匕首慢慢後退。

三人見到她試圖逃跑，立刻追擊。

「【跳躍】！」

「【猛力衝鋒】！」

巨劍手從正面直衝而來，劍盾手跳到她背後阻擋退路，法師也不停予以支援。

完全要把她逼死的樣子。

這是因為莎莉看起來只差一步就能打倒吧。

就在他們幾乎要懷疑怎麼都打不中之際，莎莉滾得灰頭土臉，往森林另一邊全速逃跑。

地形的關係使得三人找不到莎莉，只好放棄。

「我們走吧，別理她了。」

「好吧，先放過她。」

「好，很順利。」

甩開追兵後，莎莉繼續尋找玩家，再演一場戲。

這乍看之下不明所以的行為只有一個目的——將【劍舞】的效果提升到極限。

藉此使【ＳＴＲ】加倍。

【劍舞】

每閃避一次攻擊，【ＳＴＲ】提升１％。

上限為１００％。

一旦受傷，提升值立刻歸零。

二十分鐘後，莎莉依計成功利用【劍舞】將【ＳＴＲ】升到最高。

「準備好了。朧，我們上。」

她叫出白狐魔寵朧，放到肩上。朧隨即捲起尾巴，彷彿莎莉的圍巾般繞成一圈，蹭蹭她的臉。最後她集中心神，往先前發現的公會據點之一前進。

「……好，寶珠在裡面。」

她發現的兩個中型公會，都能從據點外看見寶珠的位置。不過周圍都有適度障礙，加上有玩家防守，攻略難度很高。雙方的寶珠都是位在石造廢墟所圍繞的廣場之中。

莎莉選擇的是防守漏洞比較多的一方。

畢竟是中型公會，一堆玩家擠在裡面。

「呼……好，沒問題，我可以的！」

莎莉拍拍臉頰提振精神，從守備最薄弱的地方衝進中型公會。

「有人入侵！一個而已！」

哨衛一發現她，保護寶珠的人就同時往她的方向移動。

「【跳躍】！」

莎莉縱身一躍，往左前方躲。

「包圍她！」

部分防衛網衝向入侵者莎莉，成功逼到角落。

然而她卻忽然如霧氣般消散到空氣之中。

當眾人還在錯愕，哨衛又通報有入侵者來襲。這次莎莉竟然出現在右邊。

第二隊過去防守，同樣合作無間地將她逼到角落。

可是她也同樣消散了。

莎莉和朧用了兩次【幻影】引開敵人，造成防守上的漏洞。她本尊就只是直直往前走，而對方主動讓出了一條路。

「【超加速】！」

發現中計已經太遲。

莎莉下最後一步棋，兵不見血就奪下了寶珠。

不過想逃出這裡可不容易，因為接下來必須親身突破包圍網。

「【劈斬】！」

【追刃】的追擊和【劍舞】的強化，讓她兩把匕首可以輕鬆撂倒還沒進入狀況的敵人。

以【劍舞】提升火力到極限的匕首不是普通的痛。

在【超加速】時效內，莎莉見一個殺一個地開路。

多虧火力的提升，她得以快速擊潰阻擋去路的玩家。

經過偵察，莎莉明白對方人多勢眾，難以正面戰勝，才會用這個只限一次的奇襲來竊取寶珠。

她有這樣的能力。無人能及的迴避力和敏捷速度，堪稱是這場作戰的要素。

同時，也只有在缺乏資訊，防守不夠嚴密的第一天才能辦到這種奇襲。

「【水牆術】！」

莎莉製造水牆拖延魔法攻擊，終於從戰力較弱的一側脫離包圍網。

「以後就不能再用這招了吧。好……來了……！」

見到寶珠在眼前被奪，防守者當然不會默不吭聲。

儘管他們分了很多人去進攻，這裡還是有四十人。

已經不需要保護寶珠了，所有人都去追莎莉。

莎莉做的就只是跑。

跑向另一個中型公會。

維持追不上也不會離得太遠的距離不停地跑，另一個中型公會終於現於眼前。他們統一穿藍色裝備，就算躲藏之中被發現也容易混進去。

對方的防線見到這樣一個莎莉帶頭的軍團，趕緊備戰。

追逐莎莉的人卻以為那是她的公會，準備進攻。

雙方就這麼在誤會中做出開戰的結論。

莎莉的目的則是趁亂搶走寶珠，所以將前一個公會的戰力都拉過來。

「朧，【瞬影】。」

當戰鬥開始，眾人注意力從莎莉身上移開那瞬間。

她用朧的技能完全隱身一秒鐘。

並就此躲進草叢裡觀察狀況。

雙方戰力是旗鼓相當。莎莉帶來的軍團為了奪回寶珠而全力猛攻，顯得比較強勢。

混亂當中，沒人去找莎莉究竟躲到哪裡去。

追逐莎莉的人只由一個方向進攻，所以對方防守寶珠的戰力也偏向一側。繞到後方去，防守就薄弱多了。

莎莉躡手躡腳地在廢墟中移動，鎖定目標。

「……【跳躍】！【二連斬】！」

她從只有五個守衛的方向跳出來，殺得他們措手不及。

因【劍舞】提升的攻擊力，在這裡也發揮了極大效用。

「好！」

寶珠一到手，莎莉就靠她傲人的迴避和反擊能力撂倒剩餘敵人，趕往絕對安全的【大楓樹】據點。

「那邊有梅普露在，帶回去就……搞定了！」

這場混戰還會打上一陣子。

再過一段時間，雙方人馬才會發現莎莉已經帶著兩顆寶珠遠走高飛而大舉殺來。

要在這種狀況下逃脫是容易得很。

莎莉在逃跑當中，對公會所有人發送訊息。

說她已經奪得寶珠，請人在出入口接應。

盡快將寶珠交給梅普露確保安全後，她馬上就要去搶下一顆寶珠。

第一天機會最大。

想求勝就不能浪費時間。

「好，看到了。」

莎莉一邊查看有無追兵，一邊前往自軍陣地，終於見到克羅姆。他正躲在陰暗處戒備偷襲，等待莎莉回來。

一到克羅姆面前，莎莉二話不說就把兩顆寶珠都交到他手上。

「太厲害了吧……這麼快就兩顆……」

「……我要趁第一天多賺一點，拜託大家防守囉。」

「好，沒問題！」

寶珠遭【大楓樹】奪走的公會共有三個，他們的寶珠都會顯示在地圖上。

而且是同一個位置。

屆時他們需要選擇臨場合作，或是放棄奪回寶珠，將已經用不到的防守戰力用來攻擊其他公會。無論如何，對於早早就失去寶珠而計畫生變的公會而言，免不了有一場雞飛狗跳的第一天。

「那我走囉！」

莎莉沒休息就重返戰場。不這麼做，與大型公會的分數差距會愈來愈大。

接下來的目標，就是先前發現的其他公會。

克羅姆帶著莎莉拿來的寶珠回到梅普露等人身邊，置於據點中。

「莎莉真的好厲害喔！」

「是啊，雖然說得很輕鬆……但搶了就走這種事也不是誰都辦得到。」

眾人邊聊莎莉的事，邊決定防守成員。

最後決定由奏、麻衣、結衣和梅普露來守。

「我們先躲到裡面去喔。」

「情況危險的時候……應該不會吧。」

「對啊。等撐過去以後，我們就出去偵察，順便削減敵方戰力。」

包含獲得戰力的伊茲在內的三人，決定在這之後外出搜獵偵察部隊。

「那我就換上可以用【水晶牆】的塔盾好了。」

梅普露不參與攻擊，按計畫專注於用【水晶牆】搞破壞。只要裝上這面塔盾就能製造水晶構成的牆堵，阻礙對方攻勢。

「我們只用一把巨鎚喔。」

絕招就是要藏到最後。

梅普露幾個等了十五分鐘後，殺氣騰騰的玩家大批淹了進來。

這些身穿藍色裝備，面目猙獰的中型公會玩家所面對的，是僅僅四人的戰力。

他們認為還不用衝上去，魔法部隊就能用範圍攻擊打倒對方，而他們的魔法也確實打出去了。

然而當爆炎消散，只見他們四人毫髮無傷地走來，其中一個還長著發光的天使之翼。

他們不曉得那是什麼，單純以為是塔盾玩家使用大招擋下這波攻擊，便衝過去要打倒她。以順序來說，先擱置兩個用巨鎚的玩家並沒有錯。

「【水晶牆】！」

想跑過兩人之間的玩家們撞上突然出現的水晶牆而跌倒。

這一跌也成了致命的破綻。

「「【雙重搥打】！」」

搥打甲冑的轟隆聲響徹洞窟，每一擊都有玩家死去。

見到如鮮血般飛散的傷害特效，以及遭到一擊殺而紛紛消失的同伴，顛覆了他們的想法。

嬌小身材，不時從袍子底下顯現的可愛服裝，以及極不搭調的巨鎚和攻擊力，凍僵了他們的腦袋。

畢竟【雙重搥打】單純只是快速打兩下的普通技能，在一般情況是撐得住的。

後方也依然持續魔法攻擊，但同樣無法造成傷害。

這當中，閃躲不及的玩家一個個無力地消散。

儘管如此，壓倒性的人數優勢依然不變。

所以他們沒有撤退。

認為巨鎚動作不快，且兩人無法離開羽翼玩家的技能範圍，空間又寬得可以繞過去。

「所有人繞過去！先打掉有翅膀的！」

同時還有另一道指令與之交疊，來自那四人的方向。

「我們用那招！」

「「好！」」

他們當然聽不懂那招是什麼意思。

只見拿巨鎚的兩人維持相同間隔朝他們直線跑來。

「【衝鋒掩護】！……【衝鋒掩護】！」

梅普露猛然加速追上她們。

顯示效果範圍的發光地面也瞬間改變位置。

「什麼鬼……！把有翅膀的幹掉！現在打她傷害兩倍！」

敵方公會的塔盾玩家因【衝鋒掩護】的異常用法而大叫。

可是這個用法對梅普露才是最好。如此一來，發光地面也能遍及後方遠程玩家所在的位置。

也就是說，那兩人要殺過來了。

「這……啊！撤、撤退！」

塔盾玩家想看那危險的兩人還有多少距離時，發現默默站在最後面，彷彿事不關己的玩家身邊飄浮著書櫃。

「【釘影術】。」

這聲低語，具有將範圍內所有敵人定身三秒的力量。

「什麼……！不、不能動了——！」

拚命想移動雙腿的他，只能眼睜睜看著兩個絕望往他衝來。

揮掃的巨鎚敲碎【魔力屏障】也不止息，一一粉碎玩家。

當彷彿永恆的三秒過去，已是後援覆滅，將領陣亡，前行的近戰玩家退路受堵。

整個公會在短短幾分鐘之內被四個人擊潰，讓他們了解一件事。

那就是不如放棄寶珠，去攻打其他公會。

就這樣，【大楓樹】在第一天剛開始沒多久，就藉由設陷阱讓其他公會對打，達成保障自身安全並同時削減他人戰力兩個目標。

戰鬥當中，同樣經過加速的時間裡，有個城鎮正播放著戰況。

這個城鎮的設備和每階層都有的城鎮同樣完整，一項不缺，還到處設有供人觀戰的螢幕。

戰鬥區域中的玩家完全無法和外界聯繫，觀戰的人無法通風報信。

若臨時需要下線，使用活動專屬的特殊手環型道具，就能在當下活動的時間點返回這個城鎮，不過對現實時間來說，活動的戰況是瞬息萬變，來觀戰的玩家當然是不會輕易離開。

另外，戰死五次而遭到淘汰的玩家也會送來這裡。

「喔～！開打了開打了。」

「觀戰就很好玩了，這樣還比較輕鬆呢。」

「應該還是大公會會贏吧～小公會好像沒什麼機會。」

「就是啊……在這裡的不是我們這些沒公會的，就是本來就沒參加的公會。」

「畢竟小公會打不贏嘛，有人能例外嗎。」

「大型公會第一名不是【聖劍集結】就是【炎帝之國】吧？」

「他們有一堆恐怖的強力玩家，運氣好的話說不定能看到他們一決勝負喔！」

大多數人關注的，都是在猜這兩個公會哪邊會贏。

「啊，對了。說到小公會……【大楓樹】怎麼樣？」

「那邊嘛……嗯……該怎麼說呢，未知數嗎？你、你懂吧？」

一人支吾地說，而另一人深深點頭。

「是啊，不過應該還是贏不了大公會。」

「……就是啊，人家多半也有想過怎麼對付他們。唉，不太可能贏啦！」

對話當中，螢幕上不時播映【大楓樹】的戰況。玩家們見到他們蹂躪著人數多上好幾倍的敵人，全都傻了。

「……不會吧。」

「呃，還是不太可能吧？」

「可是他們多了很凶猛的巨鎚耶！那是怎樣……」

而螢幕不理會因特異畫面而議論紛紛的整場觀眾，繼續切換鏡頭。

為了達成不可能的任務而努力搶奪寶珠的莎莉，正在懸崖邊的岩堆後眺望底下的小型公會。

「這邊……人數滿少的嘛。」

據點裡目前只有五名玩家。

除非有梅普露那樣的玩家，否則看起來沒有能夠獨力防衛寶珠的人。

在這樣的狀況下，一般都會將大部分戰力放在防衛上。而既然這裡只有五個人，表示這個公會很可能是個人數和【大楓樹】差不了多少的小型公會。

「好……打得贏。」

莎莉悄悄離開岩堆，躲藏在各個立足點並往下移動。

帶隊攻打這種地方，一定很快就被發現，但莎莉只有一個人。只要小心移動，就不容易暴露行蹤。

「朧，【瞬影】。」

沒有地方能躲時，莎莉就用這招隱身，迅速躲進據點附近的草叢。

接著豎起耳朵，確定對方沒有發現她。

從上方觀察時得知，他們只有一個會查看上方，其他人都在監視能直接走過去的小徑。

「那就……開打吧。」

莎莉悄悄離開草叢，一鼓作氣接近注意懸崖的玩家。

她是能夠在對方出聲之前解決他，但故意慢了點出手。

「敵、敵襲！」

玩家一出聲就被莎莉擊倒。

這一叫使其餘四人連忙靠過來，往懸崖上張望。

就在莎莉所躲藏的草叢邊。

四人的注意力都集中在懸崖上，等發現到莎莉貼著地面砍人時，已經太遲了。

他們的裝備和等級都遜於莎莉，除了最後一人揮了一劍反擊，沒有其他動作。

「沒讓他們看到技能，很順利……被這個公會追也沒關係吧，再搶一個好了。」

莎莉奪走寶珠後，從小徑返回崖上。

路上一邊警戒周圍，一邊看地圖迅速動腦。

帶著寶珠等於將她的位置告訴該公會，想太久會有危險。

「再來也找小……喔不，那邊好像有點難打。嗯……去遠一點的地方探勘好了？希望能找出大公會的位置。」

決定方針以後，莎莉往尚未探索的地方奔去。

負責防守的梅普露幾個成功達成任務。

梅普露展現的重要技能就只有【獻身慈愛】，沒讓人發現那招害怕穿透攻擊。

粉碎所有玩家的結衣和麻衣，在她身邊癱坐下來。

「呼……呼……好累喔……」

「嗯……呼……就是啊。」

結衣和麻衣包辦所有攻擊而到處跑，當然是相當地累。

「好好休息吧，他們應該暫時不會來了。被我們打得那麼慘，不會再來挑戰的啦。」

奏說得沒錯，對方已經完全放棄奪回寶珠。

總不能第一天剛開始就死上兩次。

「克羅姆大哥他們三個去打偵察部隊了，莎莉她……跑得好遠喔。」

梅普露看著地圖說。

莎莉的指標仍在遠離公會據點移動中。

於是梅普露關閉地圖吁一口氣。

「嗯，先休息吧，這裡沒那麼容易奇襲。現在就請他們四個出去打拚的努力一點囉。」

備受梅普露期待的四人中，形同【大楓樹】突變限制器兼監護人的三人按原訂計畫順利地消滅偵察部隊。

「伊茲做的這個好方便喔。」

「是吧？『禁藥種子』真的很強喔。」

「禁藥種子」是伊茲利用其裝備技能【新境界】製造出來的道具，能以減少一個屬性10％為代價，增加另一個屬性10％。

一次能使用五個，且持續時間相當長。

不過會影響什麼屬性只有做出來以後才會知道，想抽到需要的種子就得做好消耗大量材料的準備。

伊茲能用技能【搞怪鍊金術】，以金幣來替代材料，便利用這個方式大量生產「禁藥種子」，為公會成員囤積所需。

她給了莎莉十個減【VIT】，提升【AGI】的「禁藥種子」。

克羅姆的是提升【VIT】和【STR】，都是減少【DEX】。

霞的是提升【STR】，減少【INT】。

奏的是提升【INT】，減少【STR】。

梅普露、麻衣和結衣三人都是主屬性以外可以隨便減，用剩下的就行，幫伊茲省了不少錢。

為了替所有人生產足夠的種子而燒掉的錢，足以買下兩座【公會基地】還綽綽有餘。

「呵呵……花了這麼多錢，要好好賺回來喔。」

「當然，看我們的。」

霞用【望遠】找到玩家隊伍，三人便立刻趕過去，要來個先發制人。

第二章　防禦特化與兩名強敵

在霞幾個輕鬆料理偵察部隊時，芙蕾德麗卡和多拉古正在防守遠離【大楓樹】的【聖劍集結】據點。【聖劍集結】是第一次活動的冠軍培因和亞軍絕德聯手成立的公會，防守據點的玩家等級和數量都不是【大楓樹】能比擬。

「啊～！我也好想出去打喔～！」

「哪有什麼辦法，誰教我們跑得慢。」

如多拉古所言，兩人沒什麼投資【ＡＧＩ】。身高近一九〇的多拉古，手癢了似的揮動與他體型相映的巨斧。

芙蕾德麗卡同樣沒編進主點【ＡＧＩ】的偵察兼攻擊部隊。她抬頭看看多拉古，金髮側馬尾隨之搖晃。

「防守這種事本來就是沒事做比較好啦～」

「是嗎？」

即使這麼說，芙蕾德麗卡坐在大石頭上甩動雙腿的樣子也看起來很無聊。

【聖劍集結】是大型公會，寶珠位在不利防守的地形。

四面都是寬闊平地，只有周圍有一圈大型岩堆。在岩堆這邊視野不好，入侵路線還很多。

寶珠上方沒有遮蔽，也得考量來自岩堆頂端的偷襲。

不過附近有幾個可供休息的小洞，可惜不能用來藏寶珠。

不久，閒得發慌的兩人終於接到來自公會成員的敵襲警報。

他們神情丕變，散發出懾人的壓迫感。

「多少人～？」

「大概六十！比我們防衛的人還多！」

「喔～想硬推一波是吧！那我們就先上吧，培因老是在說要減少犧牲嘛。」

「就是啊……趕快打爆他們吧～」

「我們走。啊，對了……你們都退後，我們打就好。」

「只、只讓你們兩個打嗎？」

「對，沒問題。」

報訊的人覺得那是強者的傲慢，但仍然屈於他們的氣勢乖乖退後。

兩人前往最前線，果真見到有大約六十人的陣仗從平地彼端直線衝過來。

「我們的監視部隊還滿不錯的嘛～」

「是啊。」

多拉古扛著巨斧注視那六十名玩家，在他們進入攻擊範圍的瞬間劈下去。

只不過，他的攻擊範圍和一般巨斧玩家不一樣。

「【裂地斧】！」

可達前方二十公尺。

這一斧在地面劈出無數約五十公分深的裂縫，阻擋敵人的行進。

直線前進的玩家踩進裂縫，就會當場絆倒。

而多拉古和芙蕾德麗卡搭配時，這樣的牽制能發揮最大效益。

「【多重炎彈】！」

浮現於芙蕾德麗卡周圍的魔法陣連射炎彈。

一一擊中遭到絆倒的玩家。

芙蕾德麗卡擁有名叫【多重施法】的能力。

能耗用三倍ＭＰ來打出遠超乎三倍次數，近乎犯規。在對戰莎莉時使出的【多重屏障】也是拜其所賜，提供她高水準的防禦力。

「【猛力衝鋒】！」

芙蕾德麗卡施法當中，多拉古也衝了出去。

那窮凶惡極的巨斧，直接把剛掙脫裂縫的玩家又砸在地上。

「來啊！【烈焰斧】！」

多拉古揮舞熊熊燃燒的斧頭，捨棄防禦而滿身破綻，但火力非比尋常。

只要能快速擊倒接近的人，當然就不容易受傷。

所謂攻擊就是最好的防禦。

然而這次對方有六十人。

難免遭到包圍，受到來自全方位的攻擊。

儘管如此，多拉古仍然不考慮防禦。

結果當然就是各種技能朝他猛砸。

「【多重屏障】！【多重水牆】！」

但那些全都被芙蕾德麗卡接連使出的護壁阻卻，削不了多拉古的ＨＰ。

多拉古知道芙蕾德麗卡會保護他，根本不必分心防禦。

「【大地之槍】！」

巨斧猛一劈地，六道岩槍立刻從他周圍地面暴伸而出。

從下方遭貫穿的玩家急著想掙脫，卻被芙蕾德麗卡的魔法追擊而紛紛倒下。

「就只有這樣嗎！哈！」

「【掩護】！」

塔盾手撐住了多拉古的攻擊，可是巨斧仍掃到最後，將他連同他掩護的同伴一併擊

退而摔得人仰馬翻。

這是源自多拉古的技能。

有【附加擊退】。

抵擋他的攻擊就會遭到擊退，被砍中則是會受到嚴重傷害。

「【猛力衝鋒】！」

追擊的斧頭殘忍地砍掉大截ＨＰ。

倒地了還會吃上追擊，這衝擊還會讓對方無法起身，唯有死路一條。

無論如何，攻擊力就是正義。

但也要在能夠發揮的情況下才有意義。

因此，能夠持續提供支援與攻擊的芙蕾德麗卡對他來說便是超一流的後援。

「【多重光砲】。」

芙蕾德麗卡身邊出現四個魔法陣，幾秒後，從中射出的光束包圍玩家。

對方也是招式盡出地應戰，然而無法接近芙蕾德麗卡，等於無法造成有效打擊。

因為他們不能丟下多拉古，先攻擊芙蕾德麗卡。

那等於送死。

攻擊力高是種簡單明瞭，無懈可擊的純粹強大。

「「「【水牆術】！」」」

他們急著想跑，反而損失更多人，直到剩下十人才終於找到機會而全速逃跑。

多拉古想追卻發現腳程不夠快，回到芙蕾德麗卡身邊。

「呼……有爽到有爽到。」

「支援你真的很累耶～！知不知道～！每次都這樣一直衝！」

「抱歉抱歉，可是我還是搞定了吧？」

「是沒錯啦～你動作很好猜，很好支援就是了～」

誇口二打六十的他們心中，的確有所謂強者的傲慢吧。

不過真正的強者，層次本來就不同。

即使傲慢，他們還是能贏得戰鬥。

「芙蕾德麗卡，妳也很誇張耶。ＭＰ怎麼用不完啊？說嘛？」

「哼哼～！不告訴你～」

芙蕾德麗卡說完就往寶珠走。

多拉古也跟上。

「那些人也太亂來了吧～去打其他公會不就好了。」

「我們之前還在山洞裡，所以沒看過我們吧。」

「啊……對喔。算他們倒楣。」

「是啊。啊～我也好想去搶寶珠喔。」

多拉古意猶未盡地發牢騷，這次芙蕾德麗卡也附和了。

「啊，我也想打打看那個叫……【大楓樹】？這次一定要用魔法打中她。決鬥的時候都被她閃掉了。」

芙蕾德麗卡回想著莎莉的動作說。

「閃得過【多重炎彈】啊？滿厲害的嘛，跟傳說中一樣。」

「如果你也會躲一點，我就輕鬆囉～」

「那種事不適合我啦。」

漂亮防衛成功的兩人閒聊著回到據點，在公會成員尊敬又有點嫉妒的目光下，繼續在寶珠旁哈啦。

◆□◆□◆□◆□◆

【聖劍集結】由芙蕾德麗卡和多拉古帶頭防守寶珠，表示絕德和培因都去搶寶珠了。為提升效率，兩人是分頭攻打不同公會。

絕德帶領三十個同伴，成功取得兩顆寶珠。他正靈巧地耍弄兩把匕首中的一把，查看地圖。

他不善範圍攻擊，難免有些犧牲，但無疑是堪稱順利。

只穿輕型裝備，以迴避為重的戰鬥方式使他足以顧全自己，所以在這次活動中，同伴基本上是扮演支援絕德的角色。

「再打一個好了……有點懶就是了。」

就在絕德往下一個目標的方向望時。

他發現一個玩家靜靜地站在那裡。

一見到那影子，他就下意識提高警覺。

「………你們聽好，我改變計畫了。你們全部護送寶珠回去，快點。」

突來的指令讓同伴們很錯愕，但看他神情非比尋常就乖乖照辦了。

等所有人都離去後，那個穿袍子的人開始走近。

絕德抽出兩把匕首，並問：

「妳應該很強吧？」

「有嗎？」

「……我相信我的直覺，也因此贏到現在。所以……」

絕德吐口氣，集中精神低聲說道：

「雖然很麻煩……可是我必須在這裡打敗妳才行。」

「我也沒想到會在這裡遇見你呢。」

穿袍的人物——莎莉抽出兩把藍色匕首。

絕德隨之瞇起了眼。

「……嘖，看來比芙蕾德麗卡報告的還難纏。」

莎莉沒有漏聽他的咂嘴。

待戰略方針確定就奔向絕德。

不期而遇的兩名怪物開始戰鬥。

絕德和莎莉都不使用攻擊型技能。

因為使用路線固定的技能容易露出破綻。

再者，使用兩把匕首的人本來就該具有一定水準的迴避能力，不然沒有威脅可言。

絕德彈開莎莉的攻擊，莎莉輕鬆閃避絕德的攻擊。

絕德速度較快，攻擊次數多，讓莎莉沒有反擊機會。

「【超加速】！」

這當中，絕德先出招了。

加速狀態下的攻擊使莎莉的迴避出現些許延遲，絕德抓緊這瞬間猛一使力——

「……！」

但卻在出刀之際忽然收招，迅速跳開。

「…………是你的直覺嗎？」

「要是懷疑它，我就完蛋了。」

絕德停止進攻的原因不只是直覺。

莎莉也展現出與他不同的閃躲技術。

絕德拉開距離，注視莎莉。

「我還是覺得必須在這裡打倒妳才行……【神速】！」

這個成為絕德別稱的技能如其字面，能給他神一般的速度。

設定上，人無法認知神的速度，所以用隱身十秒的方式表達。

「……喔？」

莎莉蒐集到的情報中，也包含這個技能。

絕德不刻意隱瞞這招的理由很簡單。

因為知道了也不能怎麼樣。

就只有一小撮玩家能夠應付。

不過莎莉就是屬於那一小撮。

「【流水】！」

莎莉利用聲音和氣流尋找隱身的絕德，並刻意製造致命破綻，引誘絕德攻擊。

再喊出給芙蕾德麗卡看過的虛構技能名稱，漂亮地彈開他的匕首。

身。

「【跳躍】！」

接著向後跳拉開距離，爭取到重新探測絕德進攻方向的時間，可是他遲遲沒有現身。

「……回去了嗎。好吧，反正讓他看到【流水】了。」

莎莉相信芙蕾德麗卡和絕德是同一公會，能夠加深這個假資訊的可信度就已經很足夠了。

「……好像要花很多力氣才能打中絕德耶。直覺……嗯，我來說的話就是恐懼吧？能夠下意識感到危險這樣。」

莎莉也開始考慮練習絕德這個用直覺當雷達躲避攻擊的技術，往下個公會出發。

絕德追趕先走一步的同伴們，並心想：

「【流水】……就算不用這招，她的迴避力也已經很強了。而且那種感覺……」

過去讓絕德汗毛倒豎的玩家就只有兩個。

一個是培因，一個是梅普露。

「如果她和他們同等……那我怎麼會活下來？」

莎莉應該是強到能夠有隱藏實力，在剛才的戰鬥中留了手。

不然絕德不會有那種戰慄。

想到這裡，絕德的懶病發作了。

「回去看培因怎麼說好了。動腦不是我的工作。」

他就這麼暫時放棄思考，搔搔頭瞇起眼。

「問培因能不能讓我用我的方式來打她。」

那明顯是渴望打倒敵人的眼神。

碰巧對上的兩人，都有重要的收穫。

絕德在芙蕾德麗卡的報告和自己的親身體驗之間，感到難以言喻的差異。

莎莉成功加深對方對【流水】的印象，更重要的是——

得到了進一步提升迴避技術的線索。

◆□◆□◆□◆□◆

經過有助於成長的體驗後，莎莉又擺平了一個無名小型公會。

而她在攻克懸崖下的公會到遇見絕德之間，還從另一個公會奪得寶珠。

也就是她身上有三顆寶珠。

既然如此，是該回【大楓樹】一趟了。

「第一個搶到的寶珠也要算分了吧。」

活動剛開始的幾小時內，已發生許多戰鬥。

大型公會的戰果當然是最好，而中型公會只要戰術運用得宜，並不是完全無法抵擋。

小型公會就真的居於絕對劣勢，只有一個例外。

在時間經過加速的活動場地內，活動開始時間是設定在正午。

太陽就快下山了。

夜間視野不比白天，各公會的攻勢想必會變愈加激烈。

當然，莎莉的襲擊也會在夜色掩護下更為大膽。

「趕快回去吧。」

在莎莉趕路時。

梅普露幾個剛解決踏入【大楓樹】據點的玩家。

來的只有三個，靠結衣和麻衣丟鐵球就搞定了。

「——梅普露！我們拿到新技能了！」」

「咦！好棒喔！」

結衣和麻衣不打算對梅普露隱瞞她們取得的技能，馬上把名稱、方法和效果告訴

她。

【遠擊】
以衝擊波攻擊遠處敵人。
取得條件
用【投擲】造成一定格殺數。

效果如同介紹，揮劍會造成扁平衝擊波，揮鎚會造成圓形衝擊波，直線射向目標。
儘管攻擊力比原本的攻擊弱，以結衣和麻衣的攻擊力而言依然有即死能力。
「下次戰鬥用用看？」
「先不要好了，莎莉說絕招藏久一點比較好。我們去裡面試一下就回來。」
「那就去吧，不用擔心這邊。」
結衣和麻衣離開防線測試新技能手感以後，很快就回來了。
眼中充滿鬥志，可以明確感到她們想效力的心情。
「各位，莎莉和克羅姆都往這邊來囉。」
奏看著地圖說。

他截至目前只用過【釘影術】的魔導書，而梅普露的支援可繼續以【獻身慈愛】為主，來面對夜晚的攻勢。

這都是結衣和麻衣的功勞。

不過，兩人都已經十分疲憊。

她們每次打倒玩家就都會坐下來休息，可見已經瀕臨極限。

「莎莉回來了，克羅姆大哥也快回來了，妳們先去休息吧。很累了吧？」

聽梅普露這麼說，結衣和麻衣乖乖到後頭去躺。

身體不是光憑鬥志就能動。

還是有需要休息的時候。

「奏，你不用休息嗎？」

「我幾乎沒在動嘛。」

梅普露和奏聊著聊著，克羅姆也回來了。

「霞和伊茲正在打小型公會。」

「只有她們兩個，沒問題吧……」

「沒問題。伊茲做很多炸彈給霞往山洞裡丟，再過不久就會結束了吧。」

也只有伊茲能用這種戰術。即使還有其他玩家能夠辦到，據點在山洞裡的梅普露只會覺得炸得很吵，不會有傷害吧。

「所以我就回來防守了。」

「結衣和麻衣都很累了……回來得剛好！」

整個遊戲前兩名的塔盾玩家協力防守。

即使沒有別人支援，也一樣夠難死的了。

防守部分可以完全安心，就能專心攻擊。

因此霞和伊茲可以選擇花時間穩穩地攻陷據點。

「來，盡量丟。」

「好，沒問題。」

大型炸彈。

原本只能在工坊製造，但伊茲可以無視地點。

還能用金幣代替材料。由於她事先籌措了雄厚資金，大量生產大型炸彈也沒在怕。

霞不斷接過炸彈，往洞口裡扔。

炸彈滾下坡道，一會兒後傳來爆炸聲。

原本響亮的哀嚎也愈來愈小。

「……結束了嗎？」

「我先進去。」

霞舉刀掩護伊茲，慢慢往下走。

底下放置寶珠的窟室地面，到處是爆炸的焦痕。

勉強倖存的一名玩家搖搖晃晃地站起來，對她們舉起了劍。

「【第一式・陽炎】。」

但是霞起腳奔來，且用技能瞬移到他面前，當場斬倒。

「呼……果然是莎莉比較異常。」

莎莉用蹲下就躲過了這招，且不管再試幾次，能成功閃躲並反擊的就只有莎莉一個。

實實在在打倒對手，是克羅姆和霞的遊戲本色。

【大楓樹】中最接近普通人的霞不耍花招，所以非常穩定。

能贏的一定會贏，基本上不會讓人逮住弱點。

是一個對伊茲和克羅姆心臟很好的玩家。

不過在敵人眼中就一點都不好，強到不知所謂。

「好了，拿到寶珠就回去吧。復活的跑回來就麻煩了。」

「對呀，趕快吧。」

霞隨即收起寶珠，啟程歸返。

她都是這樣安穩帶回每一次戰果，努力避免所有可能的意外。

◆□◆□◆□◆□◆

目前戰況是大型公會和某個小型公會在爭第一，而大公會之中勢力較大的【聖劍集結】領先【炎帝之國】一步，【大楓樹】緊跟在後。

【炎帝之國】的據點位在樹木還算不少的草原地帶。

在那裡，有第一次活動第八名的【陷阱師】馬克斯，以及第十名【聖女】米瑟莉。

米瑟莉是廣域治療的專家，也擅長廣域攻擊。

也就是救治和破壞都隨心所欲。

馬克斯在第一次活動中成功掩飾了他的陷阱能力，可惜後來公會成員的對話不巧被芙蕾德麗卡聽見了。

人多的公會就是有這樣的壞處。

不可能管住每一張嘴。

擁有【陷阱師】別稱的馬克斯，擅長使用如陷阱般定點設置的魔法。

種類從產生煙霧到噴發火柱等五花八門。

除了同伴，也就是公會成員或隊友以外的人，進入範圍就會觸動。

由於需要事先設置，不適合進攻，所以留守據點。

第四名【炎帝】蜜伊和第七名【崩劍】辛恩都去搶寶珠了。

「這樣行不行啊……陷阱會不會被突破啊？」

「別擔心，就算能突破，我們還有很多可靠的夥伴嘛。」

在場的公會成員聽見這句話，都寄予「你們更可靠」的眼神。

「行不行啊……寶珠被搶的話會被罵死……」

馬克斯念念有詞地繞著寶珠踱步，不過實情與他的擔憂相反，陷阱十分威猛。

觸動前根本看不見，觸動後已經幾乎躲不掉了。

而且量多，位置又刁鑽，擊倒玩家的效率非常好。

每當有火柱竄起或爆炸聲傳來，就表示那個方向遭遇敵襲，防守也容易。

「你看，這一波都被炸爛了，你的陷阱很有效啦。」

「是喔……那我就放心了……」

而這些滿目瘡痍的玩家，都被接受米瑟莉治療的公會成員迅速擊倒。

等戰鬥結束，馬克斯就帶著幾個護衛回去補充陷阱。

「呃……這邊嗎。嗯……再來是這邊……？」

公會成員看著他念念有詞地設置陷阱的模樣，實在不懂為何這樣能輕鬆消滅敵人。

看似隨便放一放，但敵人總是很配合地一個接一個踩。

一言以蔽之，就是天賦吧。

如同莎莉有優異的迴避力，梅普露總是有奇異發現，絕德能憑直覺躲開危險那樣。

頂尖玩家都有些不可思議的地方。

馬克斯的陷阱設置能力就屬於這類，是一種直覺。

沒錯，純粹憑感覺。

他放完陷阱後又回到寶珠旁。

試圖挑戰的玩家愈來愈少，馬克斯終於能放心喘一口氣。

「有人來了！」

馬克斯隨米瑟莉的叫喊跳起來，往她所指的方向看去，見到一連串火柱和爆炎。

「我去看看！」

米瑟莉擱下慌張地碎念「怎麼辦」的馬克斯，和五個公會成員趕往現場。

見到的，只有一個穿袍的人。

那裡發生的事，讓米瑟莉不禁懷疑自己的眼睛。

那個人踩中陷阱時，竟能知道那裡有陷阱般敏捷避開。

「嗯……是很想趕快把恐懼雷達練準一點啦……可是這裡對我來說好像太難了。」

穿袍的人只是如此呢喃就離開了。

「………得救了呢。」

「什、什麼意思？」

「真是的……哪來的怪物啊。那是技能，還是本來就那樣？幸好她走了。」

米瑟莉嘟噥著返回馬克斯身邊，又陪變得緊張兮兮的他回來重設陷阱。

「放這邊好嗎……不，搞不好又會被突破……唔唔唔……」

「別擔心，就只有那個人比較誇張而已。」

「真的嗎……」

這時另一邊竄起火柱，且收到玩家被陷阱打倒的報告，才讓馬克斯稍微放下心繼續設陷阱。

◆□◆□◆□◆□◆

擁有【炎帝】之稱的女性——蜜伊。

她站在隊列最前方，走向持劍的敵人。

「讓開就饒你不死。」

在緊繃場面中，蜜伊的聲音嘹亮地響起。

不過防衛寶珠的人不會接受她的要求。

「上啊！」

近戰玩家衝向蜜伊。

蜜伊的武器是法杖。

紅色披風十分搶眼，但身為遠程玩家，防禦力自然也低。

「【炎帝】。」

蜜伊周圍隨這低語浮現兩顆直徑一公尺的火球。

隨雙手動作飄移的火球威力驚人，要敵人一一倒在她面前。

遠程玩家卻立於最前方，是因為這樣最能發揮她的攻擊力。

以確如字面的超強火力燒盡敵人。

「愚蠢，太愚蠢了。」

那從容不迫的身影，散發強烈的領袖魅力。

「【噴火】。」

地面爆炸，火柱高衝。

蜜伊能夠任意操控火焰，導致她的招式大多相當華麗。

那會讓人對她的力量留下深刻印象，使戰意加速萎縮。

「【爆炎】。」

克服如此攻勢而接近她的人，將受到低傷害但高擊退的爆風驅散。

戰力差距之高歷然眼前。

不過，ＭＰ耗得非常凶。

這麼華麗的魔法，消耗量大也是當然的。

所以她背後的二十人，道具欄裡都塞滿了ＭＰ藥水，也就是補給部隊。

「哈……就這點程度？結束了。」

燒死最後一個之後，火球也消失了。

「請喝ＭＰ藥水。」

「好。」

蜜伊接下ＭＰ藥水恢復魔力後吐一口氣。

「把寶珠帶走。」

「是。」

蜜伊閉上眼，沉浸在成就感之中，但這卻是致命的失誤。

因為說著要回去卻老是吃野草的莎莉就躲在一旁，看著蜜伊帶領二十幾個公會成員殲滅路上發現的公會據點。

「呃啊啊啊！」

蜜伊睜眼查看情況時，收取寶珠的玩家已經化為光點消失，還有個穿袍的玩家帶著寶珠逃跑。

「！……我看得出來……他很強。你們都帶寶珠回去，全滅就糟了！」

如此有領袖魅力的人所下的號令讓公會成員莫敢不從，立刻帶先前取得的寶珠回去。見狀，蜜伊開始追那個神祕人。

「【焰火飛馳】！」

蜜伊腳下迸發烈焰，加速追趕神祕人，但不久就完全跟丟。

因為神祕人，也就是莎莉，找個轉角用了【瞬影】。

在蜜伊因追蹤對象突然消失而查看四周時，莎莉已經離開現場。

不知情的蜜伊找了一會兒之後無力地癱坐下來。

「啊啊……出糗了……我對不起大家……」

和先前的氣勢完全不同。

領袖魅力不知跑到哪裡去，在那裡的就只是個反省失誤的軟弱身影。

「早知道就不裝了……」

沒錯，先前的蜜伊全是演戲。

獲得強力技能而激動得到處用之後，她不知不覺就成了矚目焦點而害怕讓人看見平常的自己，開始裝模作樣，現在是後悔莫及。

她先前的成就感，就只是來自於這次也沒露出馬腳而已。

「嗚嗚……太遜了……可惡，幹掉一個公會再回去好了。」

幾乎是亂找人發洩。

不過蜜伊就是有辦到的實力。

而她在尋找莎莉時發現的中型公會據點，人數並不棘手。

「不帶一顆回去很沒面子……下次看到那個穿袍子的，一定要燒死他。」

蜜伊就這樣帶著爆炎殺進中型公會，地上放火柱，空中丟火球，還用了馬克斯給她的「特製麻痺陷阱」，隻身一人就消滅了一個中型公會。

這是因為蜜伊火力卓越，而且也有戰法適合與否的問題，並不是第一次活動中的前十名都辦得到。

除她以外，能穩穩辦到的就只有培因和梅普露吧。

蜜伊取得寶珠後，就帶著爆炎返回【炎帝之國】據點了。

「回來啦，蜜伊。」

在寶珠旁漫步的馬克斯見到蜜伊回來而打招呼。

他聽先回來的公會成員說蜜伊去搶遭奪的寶珠，便問起這件事。

「被搶的那顆追不到，所以我另外搶一顆回來了。抱歉。」

即使聽了好幾次她單獨打垮一個公會的事，公會成員們依然覺得很誇張而一陣譁然。

「我們再休息一下就出發，做好準備。」

「「「是！」」」

大家答得鬥志高昂，可是蜜伊心裡其實很不想去。

◆□◆□◆□◆

莎莉這次真的要回到【大楓樹】據點了。

畢竟要是手上寶珠被人奪走，就等於幫他們大幅加分，不拿回去很危險。

「最後一個是運氣好撿到的。」

幸好蜜伊移開視線，才能出其不意。

「一定要在第一天內盡量搶才行……」

為了和梅普露共享勝利果實，莎莉打算奮戰到底。

◆□◆□◆□◆□◆

這時，已經有許多沒有公會的玩家加入官方設立的臨時公會，在嘗試團隊合作而死了五次之後，在觀戰區裡看熱鬧。

他們大多在聊自己的死法。

「唉，未免也太快了吧！」

「臨時公會本來就很難贏嘛！我看到了好多厲害的人……」

「你的目的是不是怪怪的……對了，有誰至少幹掉一個人的嗎？」

這問題讓某個男子的視線往斜下撇。

「這種事……對普通人好像太難了點。」

有點期待大黑馬的人都遺憾地嘆息。

「連你也當不了英雄。」

一個人故意用哀傷表情拍拍他肩膀。

「哎呀～我也知道本來就不可能啦！真的知道啦！可是我能怎麼樣！每次砍培因都被他完美擋掉，真的是一點破綻也沒有，誇張到會以為他背後是不是有長眼睛。」

能打中他一下就夠炫耀的了。眾人開著玩笑，繼續話題。

「說到背後長眼睛，莎莉也是吧？叫這個名字沒錯吧？那個【大楓樹】的。我被她殺過一次。」

「喔，遊蕩魔王啊？」

一個玩家回想著第二次活動時的經歷說。

「她這次沒有在野外遊蕩。我在森林走一走，她突然從樹上跳下來砍我脖子。」

「……她是忍者的後代嗎？」

「看過那種事之後，就會想試試看各種平常不會去想的招式，反而讓我死得通體舒暢呢。」

男子記憶依然鮮明地說。

話題公會能得到第幾名，自然也受人關注。

「【大楓樹】嘛……應該是小公會第一名吧。」

「要擠上去恐怕很難，畢竟他們人數這麼少。」

就這樣，淘汰組不斷聊著這次被誰打倒，某大型公會的戰術怎樣厲害等話題。

莎莉平安回到了【大楓樹】據點。

「我回來啦～」

這時，結衣和麻衣正在撿迎戰時扔的鐵球。

梅普露也想幫忙，可是想起自己完全搬不動而放棄。

鐵球重到霞來搬恐怕也很勉強，梅普露當然是不可能。

「啊！莎莉妳回來啦～！」

「各位觀眾，四顆寶珠！」

「「「喔喔～！」」」

全點型三人組大聲歡呼。

只要守得住，分數就會大幅增加。

克羅姆和奏聽見她們的歡呼而從裡頭出來。

不久，再度外出偵察的霞和伊茲也回來了。

目前搶到的寶珠共計八顆。

其中三個已成功防衛三小時而回到原公會的台座上。

這三顆是起初莎莉、霞和克羅姆三個一起奪得的寶珠，和莎莉用妙計從中型公會搶來的兩顆。

目前剩下的是霞和伊茲帶回的一顆，莎莉剛帶回的四顆。

由於需要保護這五顆和自己的寶珠，依然不能鬆懈。

不過這裡有遊戲中最強盾職鎮守。

就算有玩家攻得破，頂多也是一隻手就數得完吧。

「啊，對了！我都是只偷寶珠就跑，所以人家大概再過不久就會打過來喔。人數不多就是了。」

「真的不管聽幾次都很難相信耶……」

奏喃喃地說。

「喔，說人人到。」

克羅姆拔出武器緊盯出入口。從那裡接連湧入的玩家，顯然不是小型公會的人數。

可見是小型公會在劣勢之中組成臨時同盟了。

正因在這種狀況下，趁最後一刻倒戈才會有好處可言，他們可以互相利用到眼看就要奪得寶珠的那瞬間。

衝進山洞的人們，見到的是六顆寶珠。

以及僅僅八名玩家。

即使臨時同盟不會搭配得多好，好歹也有五十個人，有壓倒性的人數差距。

而且寶山當前，士氣也跟著高昂。有人已經開始在考慮打倒敵人之後該怎麼處理盟

友。

啊啊，他們是何其幸運。

只要打倒八個人就能一次奪得六顆寶珠。

這樣的機會不會再有第二次。

全員呼號著發動突襲。

魔法交錯，塵土飛揚。

相較於目布血絲殺過來的同盟軍，那八人是氣定神閒。

「我們是第一次八個一起打嗎？」

「八個都加入戰鬥好像是第一次嘛？這次伊茲也在。」

「梅普露，麻煩老樣子。」

所有人都明白克羅姆說的老樣子是什麼意思。

畢竟梅普露目前在這場活動裡就只有一個工作。

「收到～！【獻身慈愛】！」

「好，【治療術】。」

奏立刻補回梅普露減少的ＨＰ，間不容髮。

其餘七人隨梅普露前進邁開步伐。

兩軍正面衝突，一觸即發。

結衣和麻衣受到來自四面八方的攻擊，但怎麼也不倒下。

「「【雙重搥打】！」」

見到有人被轟然搥飛而遠離她們的玩家，遭到砍刀和武士刀的追殺。

「看刀！」

「哼！」

有人比較聰明，抵擋、躲避他們的攻擊而先往寶珠跑。

可是當他們跑出發光的地面，炸彈雨卻淋在他們身上。

「哎呀，很不乖喔？怎麼可以專挑寶珠呢。」

在梅普露身邊，伊茲也是戰鬥人員。

具有十二分的威脅。

想強行闖過炸彈雨的人恭喜了，可以進奏的圖書館坐坐。

「【麻痺射線】。」

奏射出的低殺傷力但高機率麻痺的射線水平橫掃。

由於附帶效果強，範圍稍微小了點，除此之外無可挑剔。

就算奏沒有打倒他們，也還有人會收拾。

「唔……啊！」

「可、可惡！」

中了射線的人呻吟著想逃跑，但動作變得極為緩慢。

「好，慢走不送。」

從他們手中奪走寶珠的犯人來了。

莎莉親手將奏所麻痺的人一一送回公會。

在這段時間，也不斷有人倒在克羅姆、霞、結衣和麻衣等近戰攻擊手的武器下。

一回神，同盟軍已經徹底瓦解，戰意盡失的人一個個轉身逃亡。

但這當中，還是有那麼一個想報一箭之仇。

「【跳躍】！」

那名玩家縱身一躍而穿過克羅姆與霞之間，已經沒有絲毫活著回去的打算。

「【破防】！」

「【抵禦穿透】！」

穿透防禦的技能因而失去穿透效果，這一步至關重要。

如此砸下劍與言語般使盡渾身解數的一擊，被極為殘酷的宣言破解而彈開。

感覺到背後有兩把巨鎚逼來的玩家，在臨死前見到的是深戴兜帽而未曾看清的臉。

「竟然是梅普露……失算了。」

他死心低語，讓巨鎚打在他身上。

剩下的玩家也都無法觸及寶珠。

堪稱是完全敗北。

可是他們已經非常幸運了。他們目睹梅普露等八人首度同場應戰，還身歷其境。等活動結束以後，說不定還會去跟別人炫耀。

說自己和遊戲裡最可怕的團隊戰鬥過。

天空於此當中逐漸被黑暗籠罩，充斥夜襲與暗殺的第一夜終於到來。

第三章　防禦特化與夜晚

匕首噗滋一刺，又一個玩家化為了光。

距離日落已經三小時。

梅普露等人不驚不險地守住寶珠，再添分數。

莎莉很快就離開防線，再度到野外奔波。

這三小時中，她又奪得兩顆寶珠。

打倒的玩家不計其數。

現在又有一個死在她手中。

「呼，都九點啦……到天亮之前不知道還能搶幾個……」

莎莉查看地圖。

裡頭有滿滿的筆記。

包含可以修理武器道具的位置、地形、公會大小與基本防衛人數、偵察部隊慣用路線以及方便伏擊的地點，各式各樣。

活動開始後九小時。

莎莉根據她四處偵蒐來的資訊，找出漏洞攻打各公會。

她第一天就這樣卯足全力，是因為想在還能輕鬆打倒這些公會時多搶點寶珠。

愈接近活動截止，戰況會愈是激烈。

到了最後一天，小公會甚至可能已經全部淘汰。

屆時就搶不了寶珠了。

「先一步拉開差距，是我們唯一的勝算……」

所以莎莉才這麼拚。

不惜壓榨自己，面對各種危險。

「再來……好，就選這裡。」

莎莉再度起跑。

這時，成立於各處的臨時同盟已由莎莉打倒的偵察部隊漸漸了解到她的存在。

【大楓樹】據點中，結衣正與麻衣對話。

「麻衣呀，我們還是連普通的攻擊都躲不過耶。」

「就是啊……可是匕首已經看得很習慣了，說不定可以躲掉一次？」

莎莉以匕首為武器，在訓練中，匕首的攻擊動作自然是看得最多。

因此，一般動作的部分比其他武器更容易預測。

但也只是相對容易，成功率不會穩到哪去。

「所以我開始在想，有沒有可以讓我們盡量發揮優點的打法。」

結衣在先前投入總體戰力的戰鬥中，見到所有人都發揮特色，很想知道她們倆是不是也能做得更多。

在旁人眼中，她們的特色已經強到可以當哏了，不過她們現在本來就是特別想凸顯自我，拿出成績的年紀。

「嗯，我懂。」

「後來我想到一招……」

結衣在麻衣耳邊小聲說出來。

這招誇張到讓她睜大了眼，然後覺得那的確是她們才辦得到的打法，不約而同相視而笑。

「很棒喔！我覺得可以！」

「是吧！希望在需要的時候可以順利用出來。」

「對呀！」

兩人開始討論作戰細節。

在稍遠處看著她們的奏、梅普露和克羅姆三個也在對話。

「我去偵察一下喔。大概要兩小時。」

「是喔？那就去吧。」

梅普露爽快准許奏外出。

目前防衛戰力充足，兩小時就回來也趕得上睡覺時間的換班。

沒阻止他的道理。

奏在這場活動中第一次離開據點，看著地圖跨出第一步。

「從莎莉的情報來看，應該是這邊吧。」

他是以一半偵察，一半搶寶珠的心情外出的。

在八人聯手戰鬥後，莎莉秀出她寫滿筆記的地圖，奏便把它完全背下來。

「她好像有點拚過頭了，不幫點忙恐怕會出事。」

莎莉也不是可以無限活動。

為了替她多爭取一點休息時間，奏覺得自己也該幫忙搶寶珠。

他往目的地的方向走，從他所藏身的林隙之間發現在黑夜中發光的寶珠。

「中型公會要用……那個吧。」

奏使用【魔導書庫】叫出書櫃仔細評估，最後選出兩本魔導書。

「搞不好可以比想像中更早回去……來，【巨人之臂】。」

一本魔導書隨奏的點名飛出書櫃。

效果是使右手變形。

能在短時間內讓手變長變粗。

不好控制，時間又短，做不了精細作業。

可是——

好歹能抓住七公尺前的寶珠。

「【焰火飛馳】。」

奏以爆炎加速，帶著一顆寶珠往自軍據點跑。

「快、快追！動作快！」

背後的呼喊逐漸遠去。奏穿過林隙與岩堆，漂亮拉開距離。

極難預料的一擊使中型公會反應不及，給了奏將寶珠帶回魔境的機會。

「希望有多少幫到一點。」

奏想著應該還在奮鬥的莎莉，衝進【大楓樹】據點。

◆□◆□◆□◆□◆

奏搶奪寶珠時，莎莉依然是趁著夜色襲擊公會。

「朧，我們上。」

她對繞在脖子上的朧這麼說，悄悄靠近小型公會。

據點在室外的公會大多會使用火把保持照明，從遠處就能看見。

儘管容易吸引敵人，但因為有莎莉這樣的玩家，還是有保持照明的必要。

莎莉也感到入夜後，巡邏人數明顯增加。

「總共……十五個吧。」

即使有可能全部打倒，莎莉還是決定避免戰鬥，以免吸引過度注意。

不過她心裡某個角落，是因為疲勞而不想戰鬥。

莎莉在四處徘徊的巡邏員背對她的那一刻起跑。

「【超加速】！」

儘管的確能感到疲憊，莎莉卻靠專注力蓋過，朝寶珠直線前進。

砍倒障礙，用魔法加以阻撓。

這一天內反覆奇襲許多次的她，動作已經洗鍊到沒有餘贅。再加上她原本的能力，

水準中上的玩家也打不倒她。

「【跳躍】！」

莎莉蹬地一躍，抓住寶珠。

確定寶珠納入道具欄後，她越過台座一路狂奔。

不能停下來。

因為包含這一顆，現在道具欄裡共有三顆寶珠。

隨時都有遭遇追兵的危險。

「呼……！下一個！」

為了盡可能取得寶珠。

莎莉不會罷休，誰也阻止不了她。

「朧，【狐火】！」

莎莉以朧的火焰拖延不同公會追兵的腳步，進一步拉開距離。

防守據點的，基本上都是速度慢的玩家。

【大楓樹】讓梅普露留守就是這個緣故。

如此一來，像莎莉這樣的玩家一旦寶珠到手，逃跑是輕而易舉。

只要拖延追兵腳步，趁暗躲藏，就能在他們用地圖查看寶珠位置時跑到無法攻擊的位置。

倘若對方還是追得上，像早先那樣往另一個公會跑即可。

「再來，再來……嗯？」

某個由火把照得通亮的地方映入莎莉眼角。

那是半個守衛都沒有，好搶到極點的公會據點。

「可以……！」

莎莉決定搶那顆寶珠而改變方向。

有可能是陷阱，所以她小心警戒並迅速接近，結果一個玩家也沒出現。

「……難道是被搶的寶珠剛重生？」

等這個公會的玩家回來就麻煩了，莎莉趁早離開現場。

梅普露正在防衛奏帶回來的寶珠。

「【水晶牆】！」

直接承受攻擊也沒有傷害，讓她過去很少使用「水晶牆」，但這面盾牌如今是大放異彩。

趁敵人眼前突然出現障礙物而止步時予以擊倒，在反覆利用這個方式消滅敵方數量，最後靠接受【獻身慈愛】而成為不死怪物的近戰夥伴把他們推回去。

梅普露的支援是無與倫比的強大。結衣和麻衣被人打了又打，克羅姆也遭包圍。然而前線就是不會潰散，只有襲擊方受到捨棄防禦的攻擊而喪命。

【大楓樹】的人幾乎沒有閃躲行為，相對地，襲擊方卻非得閃躲他們的攻擊不可。能用在攻擊的時間是壓倒性地不同，雙方擊殺能力因而出現巨大差距。

打不倒梅普露，他們當然是只有戰敗的份。

「呼……結束了吧。」

「對呀……結束了……」

「好累喔……」

「第一天也快過了。輪班睡覺吧？」

藍色資訊面板上的時鐘表示就快到午夜零時。

所有人都贊成克羅姆的提議。

莎莉、伊茲和霞都在外頭，無法加入輪班。考量到人數，最好是兩兩交替短時間補眠。

「從麻衣和結衣開始？我基本上是最好都留在這裡吧？」

「嗯……梅普露休息的時候，我也幫忙防守吧，有很多範圍支援技能可以用。我等她們回來再去休息就好了。」

結衣和麻衣ＰＶＰ經驗少，又長時間擔任攻擊核心，疲勞已經到達顛峰。

差不多該休息了。

「那就趕快去休息吧！放心，我很會防禦！」

「伊茲和霞差不多要回來了吧。」

決定輪班時間後，梅普露送走結衣和麻衣。

屆時防守工作會更輕鬆，現在正是適合結衣和麻衣休息的時候。

「再來會更辛苦吧。」

就要步入不得不減少防衛人數的時段。

公會人數與目前積分，將決定在這時趁隙轉守為攻，還是徹底堅守。

【大楓樹】選擇比較麻煩的路線，要在賺分數的同時非得成功防衛不可。

而且只憑八個人。

「加油。為了活到第五天，我會保護大家的。嗯，沒錯。」

梅普露重振決心，迎接深夜。

◆□◆□◆□◆□◆

深夜一點。

莎莉在經過那場八人聯防之後全神貫注於搶寶珠，一次也沒回據點過。

因此收穫豐碩，道具欄裡足足有十顆寶珠。

光是這樣就夠驚人的了，可是莎莉的目的不只是奪取寶珠，不能這麼簡單就回去。

可是那個目的也終於要達成了。她略顯疲態地倚在樹上，見到腳邊的朧擔心地看著她而微微笑，蹲下來摸摸牠的頭。

「呼……差不多該回去了。」

即使疲憊，莎莉仍繼續奔走。

從好幾小時以前，她就處在一旦逗留就會有追兵接近的狀況下。

「……嗯？」

莎莉站起來躲到岩石陰影處。

再次集中感官，能明確感到玩家的動靜。

而且不是十幾二十個。

還要更多。沒錯，超過百人。

「被包圍了……！」

疲勞使她的搜敵能力不知不覺降低很多。

從這些大範圍散布的玩家躲藏的動向，可看出他們顯然是知道莎莉的位置。

「……這些寶珠的公會，有的和大公會聯手了……！」

莎莉得出這樣的答案。

然而不曉得是哪一顆，不能丟了就跑。

「他們也不會讓我跑掉吧。」

莎莉快速操作面板查看地圖和【大楓樹】成員的位置，送出一則訊息並取出五個「禁藥種子」。

「好……無論如何都要回去。」

下定決心後，莎莉的所在區域忽然亮如白晝。

不知是誰的魔法，天上有顆小型太陽般的光球，這樣就不能藏身於黑暗之中了。

包圍她的玩家顯然是做足準備要打倒她。

「……他們是運氣好，捕到大魚了吧。」

莎莉吃下所有種子，離開岩堆。

對方也紛紛停止潛伏，包圍莎莉。

彼此之間留了些間隔方便動作，但絕沒有寬到可以溜過去。

「好，逼死了！我們上！」

玩家們高聲突擊，卻又忽然停住。

「逼死了？誰逼誰呀？」

因為莎莉散發的氣息驟然改變。

不只是高度專注那麼簡單。

她散發的，已經是明確的殺氣了。

敢動一步就得死。令人這麼想的凶狠眼神和嘴角裂開般的笑容，浮現在莎莉臉上。

那樣的存在感，反而給對方自己才處於劣勢的錯覺。

莎莉則是感到疲勞一瞬間全沒了。

指針轉一圈超越極限，給了她更甚平時的力量。

感官清晰敏銳，身體逐漸輕盈。

「好……我要活下去。」

莎莉振奮心緒，架定匕首。

沒人來襲而閒得發慌的梅普露收到一則訊息。

「莎莉傳的？什麼事啊？」

裡頭只有一行字。

大概會死。對不起。

就只有這麼多。

莎莉確實感到自己的感官比平時更加清晰。

而且還隨著戰意高漲愈發敏銳。

這當中，有道像是指揮官的聲音傳入莎莉耳裡。

「芙蕾德麗卡……」

這耳熟的聲音無疑是芙蕾德麗卡的聲音。

表示這群玩家是【聖劍集結】的人。

於是莎莉也藉此編織求生之術。

「【誤導攻擊】！」

莎莉先躲過第一次魔法。

前鋒玩家的動作隨之改變，大舉逼近。

看來芙蕾德麗卡的確把假資訊散播出去了。

為求生存，莎莉非得繼續暗中掌握主導權不可。

要是無法操控對方的行動，等待她的就是死亡。

「謝啦，芙蕾德麗卡。」

莎莉對還看不見身影的她如此低語，閃躲進攻玩家的攻擊。

「【誤導攻擊】！」

玩家的動作隨這一聲變得遲鈍。

意外會造成遲疑和焦慮，減緩動作。

而他們還沒注意到，莎莉的能力不會只限於這兩次。

不過沒有技能輔助，代表莎莉必須自力躲避所有接連不斷的攻擊。

「好厲害……看起來完全不一樣。」

莎莉也對自己的變化十分訝異。

劍看起來是那麼地慢，甚至她過去在專注狀態下所見的世界都算是高速了。

訓練來的恐懼雷達也很可靠。

而且掌握得比絕德更準確。

彷彿即將發生的危險都已是過去。

超越極限的覺醒，將莎莉暫時推升至高到可怕的境界。

「打不中！可惡！」

「我不會輸，不會輸在這裡……！」

莎莉的攻擊萬無一失，對莎莉的攻擊卻全部落空。

當【誤導攻擊】的使用次數高到芙蕾德麗卡開始起疑時，莎莉已經擊倒二十個玩家。

至此，芙蕾德麗卡得出答案。

「那……不是技能？」

就算如此，也只是帶出無可奈何的結論。

只是失去應對手段而已。

在場所有玩家也漸漸理解到那不是技能的事實。

但這並不能改變什麼。

「喝啊！」

莎莉見到劍奮力劈下而閃躲。

且不只是躲。

是以毫釐之差避開，順勢反擊。

「趁現在！」

面狀的魔法攻擊襲向莎莉，不過她事先已經預料到時機。

「【過肩摔】。」

她收起武器，抓住玩家往空中丟。

從空中灑下的魔法攻擊受到她丟出的玩家遮蔽，砸不到莎莉的位置。

這遊戲不會傷及隊友，玩家沒有受傷，但等在墜落處的匕首就不同了。

「她是怪物嗎……！」

該說還剩七十多人，還是已經有三十個被幹掉了呢。可以確定的，只有莎莉憑一己之力打垮了眾多玩家的鬥志。

「朧，【影分身】。」

莎莉現在沒有藏招的餘地。

非得時常製造意外，打亂對方思緒不可。

「我要活下來……打垮你們！」

四處奔竄的分身和莎莉本體不同，很快就能擊倒，但每個都拖了一個墊背。

其間，莎莉也仍為了生存試圖突破重圍。

這時。

「中了！」

一把劍刺進莎莉背後。

終於擊中她，造成一陣歡呼。

「不對，還沒結束！」

【幻影】所製造的虛像融入空氣般消失。

意外層出不窮。

莎莉的威脅大到連原本打算純粹指揮的芙蕾德麗卡都參與戰鬥。

如果是尚未覺醒突破極限的莎莉，勝負早就揭曉了吧。

為包圍莎莉，必須讓她瀕臨極限；想打倒她，卻又不能讓她超越極限。

「【多重炎彈】！」

芙蕾德麗卡用難以置信的眼神看著莎莉。

竟然一擊都沒中。

只差幾毫釐就能打中，可是那幾毫釐卻是無限般遠。

「這樣不妙啊……！」

莎莉終究是以存活為優先，緩慢但確實地削減敵人的數量。

芙蕾德麗卡為了讓隊友潛伏而選擇障礙物眾多的地形，在這時候反而有助於莎莉求生。

「唔……有其他追兵來了。」

莎莉感到窮追而來的玩家們加入包圍。

同時奔跑著躲避芙蕾德麗卡的魔法。

「很好。我還能繼……續？」

狀況來得很突然。

腳忽然停止動作，頹然跪地。

她勉強以翻滾避開襲來的炎彈，但下一刻，眾玩家已經小心翼翼地將她團團包圍。

「【水牆術】！」

沒有立刻出手，是因為所有人都在戒備她會不會還有意外之舉。

尤其是在吃了那麼多虧以後。

莎莉是在超越極限的狀態下活動。

當然不會長久持續。

眼見芙蕾德麗卡一邊對所有人設下屏障一邊接近，莎莉喃喃地說：

「不會再有下一次。」

「【多重炎彈】。」

爆炸聲隨芙蕾德麗卡唸出技能而響起。

但不是來自她的魔法。

爆炎照亮天空，有個東西如流星般拖著濃煙高速墜下。

落在芙蕾德麗卡和莎莉之間。

炎彈的光輝緊接著掩覆眾人的視線。

當光輝退去，眾人見到一名背負白色羽翼的黑鎧少女緩緩起身。

「我絕對不會讓妳死！」

是梅普露。

梅普露叫出糖漿並即刻下令。

「【城牆】！」

用高昇的圍牆掩護莎莉。

芙蕾德麗卡的人應該無法輕易跨越這高聳的牆。

「梅普露……妳怎麼……？」

這裡離據點很遠，騎糖漿不會這麼快趕到。

就是因為趕不上，莎莉才會傳那則訊息。

「晚點再說！現在公會裡只有麻衣跟結衣，要趕快回去！抓緊我喔？」

「唔，嗯。」

莎莉搖晃著起身，雙手環抱梅普露地抓。

梅普露也用雙手抱住莎莉，準備開溜。

「【砲管啟動】。」

梅普露全身伸出砲管，彷彿要填滿【城牆】內側。

而砲口全部朝下。

「走囉！」

「咦？不、不會吧，難道妳……！」

砲口無視慌張的莎莉，噴發爆炎與濃煙。

簡直是自爆。

不過梅普露撐得住。

她毫不惋惜地耗用最高級武裝，把自己高速打上天空。

少了腳部武裝的固定，整個人被反作用力彈飛。

反作用力強到不是常人可以抵擋。

能撐過這傷害的梅普露像火箭一樣直上雲霄。

還在上升途中接連放招。

「【全武裝啟動】！【攻擊開始】！【毒龍】！」

眩目光束朝地面輪番激射。

流星雨般的上百道死光轟炸地面，焚滅玩家。

接連而來的三頭毒龍，更使地面化為毒海。

芙蕾德麗卡這邊沒幾個有【毒免疫】，這次也沒有預設到會對上梅普露，沒有對抗她的裝備。

以致於無法抵擋【毒龍】。

才剛好不容易追上莎莉的人，絕大多數都莫名其妙地回到公會據點了。

莎莉打倒了三十人。

梅普露這一波快閃攻勢就擊殺了她的好幾倍。

若不是從空中大範圍轟炸，不會有這麼多犧牲者吧。

「這是莎莉的份！」

梅普露繼續用爆炎在空中移動，飛向【大楓樹】。

「唔唔……什麼鬼……」

芙蕾德麗卡靠全力防禦加【毒免疫】勉強倖存，倒在毒海裡。

「別以為我會這樣就算了喔……！」

即使狼狽，芙蕾德麗卡仍發現這是大好機會。

只要成功，這場慘劇就值得了。

反過來說，要是失敗了，不管培因說什麼都回不了嘴。

「拜託啊，絕德，一定要贏……」

芙蕾德麗卡只能將希望寄託在不在此處的絕德身上，拚命祈禱。

結衣和麻衣站在寶珠前。

「不知道梅普露有沒有趕上？」

「地圖說她們在同一點，應該趕上了吧？」

「她是怎麼過去的啊？」

「不曉得耶……她很快就會回來的啦。」

但她們倆其實也不曉得她究竟需要多久。

「結衣，我們能準備的都做了，可是……」

「嗯……還是先把奏跟克羅姆大哥叫醒比較好吧……？這樣比較保險？」

兩人選擇了安全路線。

然而無法執行。

「！結衣，有敵人！」

「咦！」

兩人抓緊巨鎚。

一個玩家從出入口慢慢走來。

正是絕德。

【聖劍集結】早就查出了【大楓樹】據點的位置。

但認為有梅普露駐守太危險，沒有貿然出手。

如今梅普露不在，絕德又在附近，便決定攻擊。

「唉……芙蕾德麗卡也真會使喚人。可是看樣子，梅普露真的不在？那……有機會。」

念念有詞的絕德是一接到芙蕾德麗卡的訊息就立刻過來了。

梅普露還要幾分鐘才能回來。

這幾分鐘對結衣和麻衣來說，是長得可怕。

「結衣，我們一定要打倒他！」

「嗯！」

兩人把「禁藥種子」扔進嘴裡，進一步提升【ＳＴＲ】。

這一戰絕不能輸。

「哈……沒用的啦。」

見到絕德奔跑進逼，結衣揮下巨鎚。

即使仍有段距離也照揮。

「【遠擊】！」

結衣的巨鎚因技能而發光，擊出一擊必殺的衝擊波。

「哼！」

絕德迅速躲開。

同時不斷拉近距離。

「【雙重搥打】！」

躲開結衣的攻擊後，絕德鎖定麻衣揮出匕首。

「麻衣！」

「我、我沒事！」

麻衣純粹是湊巧躲開絕德的攻擊。

因為絕德和莎莉都是用匕首，最熟悉的就是匕首的動作。在兩人想躲之前，身體已經做出反應。

但恐怕不會有下一次了。

這天，絕德已從偵察部隊得知結衣和麻衣的攻擊力。

為避免遭受攻擊，絕德沒有太過深入，讓麻衣存活了下來。

「麻衣，跑遠一點！」

「嗯！」

麻衣跑向牆邊。

可是絕德的速度比她快多了。

轉眼就被追上。

「太慢了。」

「……！啊啊！」

絕德的匕首逼向麻衣。

剎那間。

麻衣往直逼而來的絕德丟出手上武器。

「啊！」

絕德也沒想到她會做這種賭命攻擊。

麻衣對錯愕的絕德露出勝利的微笑。

「想得美！」

然而絕德扭身避開，又對失去武器的麻衣揮出匕首時，忽然全身發毛而跳開。

緊接著，衝擊波摧毀了絕德原先的位置。

「另一個的……！啊？」

絕德見到的是比技能還耀眼的「雙持巨鎚」。

其中一把無疑就是麻衣剛丟出的那把。

「遭……啊！」

絕德被第二道衝擊波轟個正著，撞上牆壁。

麻衣本來就沒有裝備巨鎚。

就只是拿著結衣裝備的巨鎚。

丟出去，是為了還給她。

巨鎚回到結衣手上，就能使出令人意想不到的第二次技能。

這就是只有她們辦得到的壓箱絕招。

「我們都還是半吊子。」

「所以要兩個人合作。」

「「來打倒可以獨當一面的你。」」

經驗和技術都比人差的這對姊妹，第一次靠自己的力量打出驚人成績。

這是非常非常大的一步。

可惜還是不夠。

「這公會怎麼一堆怪物，有夠麻煩。」

「「不會吧！」」

「先宰一個！」

絕德的匕首劃過了麻衣。

麻衣不可能撐過這一擊。

絕德的ＨＰ就只剩１。

顯然不是運氣好撐住，而是受到技能保護。

這就是雙方投注時間的差距。

功底差太多了。

「再見啦……！」

「梅普露……對不起……」

壓箱祕技遭到克服，結衣也只能倒在絕德的凶刃下。

絕德收起匕首，取出藥水恢復ＨＰ。

「唉……有夠麻煩。這個公會難打死了。」

補滿ＨＰ後，絕德喃喃地走向寶珠。

「這次是我贏了……？」

然而時間就在只需要取走寶珠的時候截止了。

梅普露帶著莎莉和爆炎衝進據點。

「……真對不起麻衣跟結衣。」

「芙蕾德麗卡……！我恨妳！」

絕德贏了戰鬥，但輸了比賽。

結衣和麻衣爭取到了無價的時間。

梅普露不會白費她們的努力。

梅普露在返回據點的途中，跟莎莉談起在第二天之內多解封一個能力的事。最後她選擇的是用起來簡單，消耗也最少的技能。

當她一對上絕德，就立刻使出這個技能。

「【獵食者】！」

兩條醜陋蛇怪從地面現形。

這招是第一次對外公開，絕德怎麼也料想不到。

「啊？這哪招！」

「糖漿，【大自然】！」

藤蔓隨梅普露的呼喚伸出地面，包圍絕德和梅普露。

重重圍繞成牆，並逐漸縮小牆內空間。

絕德試圖砍斷藤蔓脫逃，但根本來不及。

最後放棄砍藤，轉向梅普露。

「……ＯＫ，這次是我輸了。下次我會做好萬全準備……記住啊？」

緊接在對戰結衣和麻衣後，遇上梅普露化不可能為可能，趕上最後一刻的奇襲。

結果，梅普露成功禁錮了絕德。

這次是狀況碰巧對梅普露有利，下次就不一定了。

如果是一般對陣，絕德肯定是逃得掉。

「不管來幾次，我都會把你打回去！」

【獵食者】逼向絕德。

「我還會再來的。下次一定會認真打倒妳……！」

絕德留下這句話就化為光而迸散。

臨死前還露出彷彿有所對策的猙獰笑容，深烙在梅普露眼裡。

梅普露請糖漿解除【大自然】，往莎莉走去。

【大自然】只有隔離梅普露和絕德。

一到莎莉身邊，她就捏了捏莎莉的臉頰。

「妳實在太亂來了啦……」

「……對不起。」

「等麻衣跟結衣復活以後，要跟她們道歉喔。」

「嗯……」

片刻，結衣和麻衣都復活了。

梅普露和莎莉見到她們就馬上道歉，不過她們倆都不怎麼在意。

反而因為自己在梅普露趕到之前守住寶珠沒讓強敵搶走，覺得很開心。

「我先把寶珠都放下來喔。」

十顆寶珠滾出莎莉的道具欄。

「莎莉，妳為什麼要這麼拚啊？早點回來也沒關係吧？」

「喔……這個嘛……可以先叫奏過來嗎？」

「換班時間快到了，我去叫他過來！」

麻衣跑向後頭，帶回了奏。

「奏，麻煩你趕快把這個記下來。」

莎莉秀出地圖這麼說。

「這個……也太厲害了。」

跳進在場所有人眼中的是這次活動的廣大地圖，幾乎寫滿了所有資訊。

莎莉奔波十二小時所做的地圖上別說是據點位置，連人數等資訊都有詳細紀錄。

「我……好像快不行了……所以你來幫我抄到梅普露的地圖上吧。」

「嗯，好的。我記住了。」

奏用他依然超乎常人的記憶力輕鬆解決了這個難題。

「謝謝……梅普露，B計畫啟動。」

B計畫是預定在前線部隊崩潰時採取的行動。

由於實際開打以後有很多部分異於預期，便決定提早啟動了。

B計畫。

又名梅普露出閘計畫。

解開名為防守的牢籠，放她出去掠奪。

莎莉幾乎查出了所有公會據點的位置。

接下來會攻過去的，就是真正的怪物了。

「防守有危險的時候趕快叫我喔，我會碰碰碰地馬上飛回來的！」

「有次數限制嗎？」

梅普露隨莎莉的問題計算消耗量。

「要看距離啦……去救妳的時候，那個距離大概一天可以飛兩趟……吧？」

她是藉破壞武器來飛，不可能長時間使用。

要是都耗在飛行上，就沒有得攻擊了。

非得慎重使用不可。

「我從遠的地方開始搶喔，這樣比較省。」

多虧有莎莉的地圖，梅普露不必再尋找公會，可以用最短距離移動。省了非常多的時間。

「我去……休息一下。」

「嗯，交棒囉。」

梅普露接下莎莉的工作。

現在的她已是萬全狀態。

「我等天亮就走喔。」

「那我趕快來抄地圖。」

奏一項接一項地將各種資訊抄進梅普露的地圖裡。

翌晨。

一個中型公會的成員平安迎接旭日，伸伸懶腰。

「呼……天終於亮了。」

「光是沒有夜襲就輕鬆好多喔。」

「……敵人來襲！只有一個！」

敵襲警報劃破早晨的清寧氣氛。

聽見只有一個，所有人往敵人來向慢慢看過去，然後全都緊張得僵住了。

一個全身漆黑裝備的少女不躲不藏地往他們直線走來。

那是荒謬的化身，死亡的象徵，狂氣的具現。

沒錯，梅普露全然無視防禦，直線走來了。

「跟、跟她拚了！一定要死守！」

「「「喔！」」」

在對方鼓舞士氣時。

梅普露也進入戰鬥狀態。

「【獵食者】。」

這是她唯一解封的新攻擊手段。

擁有十二分地足以打擊玩家戰意的力量。

梅普露扯碎朝她殺來的玩家，一步又一步地接近。

使用純粹的暴力，正面擊潰敵軍。

對方知道她的位置、攻擊手段和大致上的數據。

但依然無法阻止她前進。

梅普露的每一步，都帶來明確的死亡浪潮。

希望極為渺茫。

被她盯上的公會，唯有一死。

◆□◆□◆□◆□◆

梅普露是破曉時行動，在那之前都待在據點。

因為在成功防衛莎莉帶回來的十顆寶珠之前，她非得待在據點裡不可。

莎莉在後頭睡成死豬，短時間內是醒不了了。

奏已將她的地圖分抄給所有人。

有伊茲在，也不需要特地去找修理道具。

根本沒有外出的必要。

會因為梅普露不在據點而攻擊【大楓樹】的，只有極小部分，所有人都默默地等她回來。很長一段時間後——

「話說有誰想出去嗎？削減一點玩家也好。」

克羅姆的提議得到霞的回答。

「嗯……我去吧。這邊的攻擊有伊茲的炸彈和麻衣跟結衣的丟砲彈，防禦有你，應該很夠了。」

霞說完就往據點出入口走。

「不要太勉強喔。」

「好，我不會把自己搞死。」

回答克羅姆以後，霞便消失在通道彼端。

霞在第一天和伊茲共同活動了很長一段時間。

她們想奪取寶珠，勢必得利用地形，基本上都是先以削減競爭對手數量為主。

有伊茲在，裝備耐用度不成問題，夜間可以遇到玩家就砍。

即使梅普露不在，和【大楓樹】交戰也一樣會死傷慘重。

死過一次的人，應該都會避免去惹【大楓樹】。

霞和伊茲在據點週邊增加玩家的死亡次數，也是使玩家減少襲擊【大楓樹】的原因之一。

這種行動的效果，會慢慢地顯現出來。

在活動第二天的今天，她也要專注於獵殺玩家。

「我應該……往梅普露的反方向走才對吧。」

在梅普露的前進路線上尋找殘存玩家沒什麼意義。

「好，就往這邊走。」

霞決定穿過遮蔽處多的森林。

這裡方便她藏身，玩家數量也比較多，所以選在這裡溜躂。

「好……找到了。」

霞找到玩家就立刻接近，一刀砍在背上。

「你戒心太低囉？」

遭砍的玩家不甘示弱地揮出他的劍。

但是被霞架開，順勢回擊。

如此反覆過無數次的動作，在這場活動裡也非常有效。

在森林裡擊倒三名玩家後，霞查看刀的耐用度，繼續巡邏。

「回去以後一定要記得請伊茲回復耐用度。」

再走一段而走出森林時，霞撞見了一名男性玩家。

「…………喔？來了個認識的。」

「……回去好了。」

霞露骨地擺出厭惡的臉，當場就想走，可是眼前的玩家不會放她離去。

「我一直很想找妳進我們公會耶。」

「抱歉，梅普露動作比較快。」

每個公會都亟需優秀人才。

想網羅像霞或克羅姆這般頂尖玩家的公會，可不會只有【大楓樹】。

與霞對峙的男子注視著她，無奈嘟噥。

「那就沒辦法啦。第一次活動我輸給了妳……這次我一定要討回來。」

這名拔劍舉盾的玩家，是別稱【崩劍】的辛恩。

曾在第一次活動與霞正面對決，而霞獲得勝利。

「唉……只好請你死回去了。」

霞也抽出武士刀。

辛恩有【崩劍】之稱，自然有其特色。

「【崩劍】！」

他的劍隨這一聲分解，浮在空中。

看起來就像十把縮小的劍。

一手舉盾，操縱空中的十把劍。

這就是【崩劍】辛恩的戰鬥方式。射程長且難以逃脫，霞早有體驗。

「喝！」

辛恩的劍接連朝霞射去。

「呼！」

霞短哼一聲，盡可能擊落、卸轉，專心防守。

她沒有莎莉那樣的迴避能力，難免會受傷。

但不礙事。

她的ＨＰ比莎莉高多了。

戰況在不斷閃躲朝身體中心射來的劍中持續。

「【第一式・陽炎】！」

霞瞬間移動到辛恩面前，手起刀落。

不過遭到盾牌的抵擋。

「妳這招……一樣很可怕。沒有盾牌恐怕受不了吧。」

「哈……都有人能直接躲過呢。」

霞收刀再斬。

再度遭擋時，她感到背後有劍飛來而跳開。

雙方對戰過一次，知道彼此有什麼招式。目前都沒有令人意外的舉動，也沒能造成決定性的傷害。

然而第一次活動至今已有很長一段時間。

雙方不會停滯不前，都有所成長。

兩人都感到，唯有戰勝對方的成長才能存活。

霞仍在等待一鼓作氣擊倒辛恩的機會。

辛恩手上有盾，在上次活動中使用的【最終式・朧月】很可能會被他擋下。

且使用這個技能以後屬性會大幅下降，無法使用部分技能。

相對地，速度和攻擊力都有大幅提升。

是只有在一對一的場面才能使用的絕招。

要不是辛恩有盾，她已經發動這招了。

「喝……！呼！」

霞扭身揮刀，躲避紛飛的劍。

沒能接近辛恩，完全就是因為這段攻擊距離的差距。

她的刀術還比前一次戰鬥更純熟。

霞感到再這樣下去會被他磨死，主動出招嘗試突破。

「【第四式・旋風】！」

這高速四連斬，全被辛恩用盾穩穩擋下。

飛劍的反擊削去霞的ＨＰ，但還挺得住。

【崩劍】是削減單一攻擊的威力，換取攻擊次數的招式。

只要不讓這些劍直接命中就活得下來。

「【第七式・破碎】！」

這是具有擊退效果的大上段下劈。

辛恩照樣接擋，向後退去。

這個技能的真正價值，是以自身武器的耐用度為代價，對敵人裝備造成巨大傷害。

當然，對敵方裝備的傷害是比較高，但自傷的部分也不可輕忽。

霞這麼做，是認為在ＨＰ耗盡前破壞辛恩的盾，一口氣戰勝他才是上策。

「妳的攻擊力……升得比我想像中更高嘛！」

辛恩不甘繼續退後，從霞背後召劍回手予以牽制。

接著——

「【崩劍】！」

二度使用同一技能。

那是霞所不知的新能力。

辛恩的劍分裂得更小，變成二十把。

即刻進行面狀攻擊。

牆一般的劍陣正面逼來，多數擊中了沒料到這招的霞。

儘管每次傷害都不大，但她沒有機會治療，ＨＰ已達極限。

「……沒辦法了。」

說完，霞放鬆全身力氣。

「這次換妳敗給我了！」

同樣的面攻擊向霞撲去。

「【最初式・虛】。」

霞頭髮染白，雙眼發出緋紅光輝。

見狀，辛恩加強戒備。

他上一次就是敗給變身成這樣的霞。

而霞卻在緊張的辛恩面前消失不見了。

「……！人呢？」

「在這裡。」

聲音從正後方傳來。

在辛恩回頭之前，他的胸部已經多了兩隻手。

正確來說，是霞的手從背後穿破了他的胸膛。

「……可惡，又輸了！」

辛恩留下這句話就化為光消失不見。

「……這次算平手——喔不，算輸了吧。」

獨自留在原地的霞喃喃地說。

剛才的技能和【最終式】同樣有代價。

但不是降低屬性。

沒錯，是大幅削減裝備耐用度。

她的裝備都已有不少損耗，以致除了飾品以外全都損壞。

當然，刀也沒了。

「想不到會壞成這樣……有點耗得太凶了……」

在這種狀態下遭遇玩家會很危險。

於是霞趕緊裝上預備的武器，用【超加速】衝回公會據點。

「唉……我很喜歡那把刀耶……」

痛失愛刀讓霞的情緒非常低落。

距離她回到據點，請伊茲修好刀而情緒急速亢奮，只有五分鐘。

◆□◆□◆□◆□◆

霞與辛恩的死鬥告終時，梅普露正到處肆虐中。

「再來……換這邊！」

開始嫌走路麻煩以後，她搭起糖漿飛上天空。

當然是非常醒目。

只要接近公會據點，就會聽見遍地呼號。

「【酸雨術】。」

會侵蝕玩家的雨灑向地面。

「大雨下吧下吧～！」

稍候片刻，等確定玩家被雨澆死大半以後，她才跳到地上。

「【獵食者】。」

已經受傷的玩家們被蛇怪咬幾下就趴光了。

「呵呵呵……那麼，寶珠我拿走囉。」

梅普露看地圖決定下個目標就離開潰敗的據點。

「嗯……好想用暴虐跑過去喔，可是還不行……真希望莎莉能分我一點速度。」

現在不會有那麼便宜的事。

頂多只能請莎莉背著她跑。

既然莎莉在睡覺，不知道什麼時候才能再享受到那種速度。

「還是騎糖漿最快。」

梅普露不顧醒目與否，騎糖漿飛上天空。

「完全沒人追來耶，莎莉好像就被追得很辛苦。」

畢竟莎莉只是偷了就跑，梅普露是正面擊潰一整個公會。

沒人會傻到想追捕她吧。

對，即使知道她身上有六顆寶珠也不會。

「我寶珠集得比莎莉預定的更快，還有很多時間！」

躺在糖漿殼上的梅普露聽見底下傳來武器交鋒的聲音。

從龜殼邊緣看下去，發現有幾個公會正為搶奪寶珠打成一團。

遭遇強者而失去寶珠的公會擠得地上是密密麻麻。

「那是在混戰嗎……啊！那是我要找的寶珠！」

如果知道寶珠位在魔法縱橫、刀劍交擊的戰場裡，幾乎所有人都會去找其他寶珠吧。

莎莉應該也會這麼做。

可是梅普露卻想盡快接近寶珠，毫不猶豫地往正中央跳。

從天而降的災厄伴著怪物在戰場中心，站起身來。

「那顆寶珠是我的！」

絕對沒有這種事。

不過她非常可能會把這句話化為事實。

「【毒龍】！」

往正下方釋放的毒液奔流在地面反彈，如雨般灑下。

以梅普露為中心，彷彿噴泉的猛烈毒液從最近的倒楣玩家向外一一吞噬。

同時，布滿毒液的地面也能避免一般玩家接近梅普露周圍。

梅普露難以預料的行動往往能暫時凍結對手的思考，可說是她的強項。

誰在打鬥時會想到梅普露從天上掉下來呢。

然而當梅普露往台座看時，寶珠已不翼而飛。

反應快的人已經看準這個機會，拿走寶珠了。

而且梅普露不曉得那是誰。

「奇怪？……怎麼辦……啊，對了！糖漿，【大自然】！」

梅普露人在樹木不多不少的平地上。

她急忙用藤蔓圍起一片不小的範圍後四處查看。

拿走寶珠的玩家應該不會跑得太遠，於是用藤蔓牢籠困住大量玩家。

「莎莉的筆記說……『不方便直接拿的時候就全部殺光』啊？收到！」

既然不曉得誰拿走寶珠，一個也不放過就對了。

雖然這不是簡單的事，對使出全力的梅普露也是容易得很。

只不過現在的她仍有限制，無法全力戰鬥。

因此，她只能一面往地上灑毒一面前進，使玩家無路可逃再一網打盡。

可是原本互相廝殺的玩家們突然團結起來，為求生而一致行動，速度慢的梅普露一個也抓不到。

「唔……這樣不行！糖漿！」

梅普露命令糖漿用藤蔓把她包起來。

然後將這顆藤球吊在半空中。

「【砲管開啟】。」

從梅普露全身伸出的武器，發動了和拯救莎莉當時同樣的攻擊。

而這次還下了更多執拗的心思。

「【開始攻擊】。」

沒有任何玩家能夠在有限範圍內躲避毒海，同時連續閃避不斷灑落地面的光束。

一個又一個地被來自頭頂和腳下的危險吞噬。

原本失敗了的毒海，在這時發揮了絕大效力。

「差不多……可以下去了吧。」

梅普露降落地面搜尋存活玩家，結果先發現泡在毒海裡的寶珠。

「啊！打死了。太好了……」

撿起寶珠解除牢籠後，梅普露又騎糖漿回到天上去。

「要開始節制【毒龍】了吧……可是還不能讓人看到我穿機械甲的樣子，都像剛才那樣打的話……嗯……」

現在只是第二天上午。

基於和莎莉不同的理由，她一樣不能整天都在外頭掠奪寶珠。

「再搶一個好了……還是兩個？嗯，就兩個。」

梅普露決定目標寶珠，完工以後返回據點。

防衛【大楓樹】據點的人完全無事可做。

目前只有自軍寶珠在，沒人需要搶寶珠回去。

莎莉還沒醒，伊茲正在替霞做刀。

霞很擔心刀的狀況，坐立難安地在伊茲周圍走來走去。

現在是襲擊【大楓樹】的大好機會，但可能是第一天的衝擊實在太強，連偵察的人都不來了。

梅普露野放之後，觀戰區到處都在聊她會有多危險。

「喂，那是怎樣？」

「啊啊……一陣子不見，她又變強了……」

大家都覺得假如有朝一日遇上她，除了笑也不能怎樣了。

「好像會用毒以外的攻擊了耶……那是什麼啊，砲、砲擊？那個翅膀又是什麼？」

「為什麼有弓手的遊戲裡會有光束砲啊！」

「那還好啦，她旁邊那兩個比較恐怖……到底是什麼？好像從地獄最底層帶回來的一樣。」

「啊啊啊啊！再遇到她就死定了！拜託進化慢一點啦，對心臟很不好耶！」

不知不覺地，梅普露的危險度竟然倍增了。

「中間的梅普露長天使的翅膀看起來很可愛，可是兩邊那個也太恐怖了。不需要養那種東西啦……真的。」

在眾人談論梅普露的外觀時，犧牲在她的蹂躪之下而退賽的人也來到觀賽區加入對話。不多取得一點資訊，以後根本拿她沒輒。

「從影片看不太出來那跟天使到底有什麼關係……不過聽實際死在她手下的先烈是說，代替承受攻擊什麼的？……以形象來看，好像是常駐【掩護】的感覺？」

「結果不是天使……咦咦？梅普露常駐【掩護】？」

「地獄啊。看起來很漂亮耶。」

「誰打得贏那個啊？快逃吧，不要讓高手接近也是生存之道。」

「可是這次要守寶珠，不能這樣吧。」

「啊，大家都在注意梅普露，可能沒注意到一件事……不是有一對拿巨鎚的小女生嗎？她們是怎樣，是不是怪怪的？」

「有人說被她們打一下就死了耶。」

「那裡沒有正常人嗎？就只有高排名的跟怪物嗎？」

「人家是第五名耶，而且是不打倒梅普露就搶不了寶珠的高難度版本，已經沒有人要去他們那邊了啦。」

「高風險低報酬……？喔不，當作沒報酬也行吧。」

「再過不久就會跟【聖劍集結】或【炎帝之國】打起來吧，公會都愈來愈少了。他們名次都維持得很高，會留到很後面吧。」

觀戰者都不認為這兩個公會會全數淘汰。

「不過影像也不是每個地方都播得到……如果能看他們怎麼跟梅普露打，我還滿想看的。」

聊著聊著，淘汰組也陸續來到，聊他們遇到了怎樣的強敵。

第五章　防禦特化與準備出擊

活動第二天剛過中午。

莎莉從【大楓樹】據點深處緩緩起身。

「……梅普露不知道順不順利。」

她打開地圖查看梅普露的位置，見到她正往自軍據點移動。

「該走了。」

即使長時間強迫自己維持專注的她還沒有完全恢復，也不能只顧睡覺。

莎莉站起身，往放置寶珠的房間走去。

回到防線上的莎莉依然見到自軍寶珠擺在台座上。

於是放心地伸伸懶腰，走向公會夥伴。

「喔，妳醒啦？怎麼樣，又要出去啦？」

莎莉對克羅姆給予否定的答案。

由於狀況仍不完備，她擔心避不開所有攻擊。

而且都第二天了，某些公會可能已經找出方法應付她的奇襲。

奇襲失敗等於送死，所以莎莉決定就算要外出，也得等天黑再說。

這時，莎莉終於問起她在意的事。

「霞怎麼了……？」

「喔……新刀做好以後，她都是那樣。」

兩人往霞的方向看去。

霞的表情鬆弛到前所未見，就只是看看鞘、看看刀，不停反覆。

「啊啊啊啊……好棒喔……」

恐怕是短時間內不會回到這個世界了吧。

「她好像打贏了【崩劍】……活動後半不曉得會有多少高等玩家被淘汰……」

「最後一天好像會很亂……都會活到最後吧。」

絕德和辛恩都是和高手對戰才敗陣。

高手只要不遇上高手，應該都有辦法倖存下來。

說到這裡，梅普露回來了。

「我回來囉～！我打到九個寶珠喔！」

「哇……還是一樣有夠誇張……」

梅普露帶回的寶珠幾乎和莎莉一樣多卻依然活蹦亂跳，讓她不由得這麼想。

「都是因為有妳的地圖啦。沒有的話，我不知道要多久才能找到一個據點……」

「這樣啊，有幫到妳就好。」

梅普露放好寶珠以後決定留守。

一部分是因為有次數限制的技能耗得差不多了，也是因為儘管機率很低，還是有所有公會一起來討寶珠的危險。

或許不會有玩家主動來送死，但小心一點不會吃虧。

「還有就是……從空中看起來，好像很多地方都在混戰耶。有些人還已經死過很多次的樣子。」

「外面很亂嗎？也對啦，被大型公會搶走寶珠的話，一般都會放棄，直接去搶別人的。」

「我也跟克羅姆大哥的意見一樣吧。人數好像已經削掉不少了。」

像莎莉那樣在第一天肆虐的玩家們所製造的激戰之流，熱度依然不減。

甚至可說是更加激烈。

「我們有麻衣跟結衣防守就很強了，這個地形也很有利。」

現在，結衣和麻衣正在用鐵球玩傳接球。

她們速度慢，敵人一多就很不利。在這次活動中，不管怎麼做也實在無法獨自在外頭占到便宜，所以留下來防守，只是現在無事可做。

「等這次守完以後……希望能找機會給她們表現一下。」

「嗯？莎莉，她們不是表現得很好了嗎？」

「喔，那個，我是說去外面啦。」

在克羅姆提起機動力之前，莎莉先對梅普露開口了。

「梅普露，妳現在不太方便再去搶寶珠吧？」

莎莉問的是她技能的消耗嚴不嚴重。

即使睡到前不久才醒也能料想到梅普露的現況，是因為她們長時間搭檔，足以培養出這樣的默契。

「嗯……是啊……啊，我懂了！」

「嗯，帶她們幫打的話，妳的負擔就會少很多……現在好像也不太需要花太多人手在防禦上了。」

而且梅普露還能高速回巢。

她現在不僅是防衛的關鍵，也是攻擊的核心。

「那我就先守到分數結算，然後帶她們出去再繞一圈吧。」

「抱歉多給妳負擔……會不會很累？」

莎莉自己不能外出，自然不希望梅普露勉強自己。

「我在第二次活動練過了啦！而且我也不用走路啊。」

梅普露學莎莉那樣跑也沒意義，所以在空中悠哉地飛，不太會累積疲勞。

「那就麻煩妳囉。」

「嗯！」

三小時後，梅普露帶著兩把最強之矛重返戰場。

結衣和麻衣彌補了她難以持續火力輸出的弱點，她也填補了兩人防禦上的不足。

當這三個能力值扭曲的少女聚在一起，便有如渾然天成般完美契合，變得加倍凶惡。

◆□◆□◆□◆□◆

到了第二天下午，有望得獎的公會逐漸確定。

其中【大楓樹】、【炎帝之國】和【聖劍集結】特別突出。

整群大型公會之中就只有那麼一個小型公會，任誰都能感到他們的異彩。

當然，【炎帝之國】所有人都十分提防【大楓樹】的動向。

每當偵察部隊回報梅普露出外的消息，馬克斯就會改變陷阱配置來應變。

「可是啊……人家是梅普露耶……拜託別過來……」

「就是啊，最好不要來。連辛恩都死回來了，希望那個公會能乖乖待在那裡就好……」

【陷阱師】馬克斯和【聖女】米瑟莉很不適合抵擋梅普露。

兩人都缺乏能有效牽制她的招式，想獨力打倒她是極為困難。

辛恩沒有因為死亡而氣餒，又出去搶寶珠了。

蜜伊也不在。

這時，一名玩家慌張地跑過來。

「馬克斯！……有烏龜朝這裡飛過來！」

「咦……？喔……」

「現在……該怎麼辦？」

在這個世界上，他們也只知道一隻會飛的烏龜。

那表示他們剛聊到的最最最危險人物正在接近。

「米瑟莉……快叫蜜伊回來……」

「好，我馬上叫。」

「我會努力爭取時間，盡量啦……希望爭取得到。」

「那我們走吧。」

兩人帶上有穿透技能的玩家，趕往飛天龜的所在。

來到迎擊地點後，他們見到遠方空中有個影子緩慢接近。

在兩人注視下，那影子一點點、一點點地變大。

「蜜伊呢……？」

「她說會趕回來。」

「知道了……我想辦法撐十分鐘，要是她還沒到……」

倘若蜜伊來不及回防，防衛失敗的可能就會遽增。

「我也來幫你。」

「嗯……先把她逼下來吧。準備射箭跟魔法。」

但正當兩人開始準備時，飛天龜在進入射程範圍前不久就消失了。

接著，有三個人影落向地面。

三人都走得一樣慢，且各有異常之處。

一個具有美麗的白翼，兩側卻跟著全然不相稱的異形怪物。

另兩個不知如何能雙手各拿一把巨鎚，嬌小身體與巨大武器形成強烈矛盾。

不繼續飛，對馬克斯是比較有利，可是下來走路的壓迫感比待在天上大多了。

「放心……我只是去爭取時間而已。」

馬克斯絲毫沒有戰勝她們的想法。

就只是打算拚命死撐。

他知道這是他現在該做的事。

梅普露筆直前進，接連踏破馬克斯設置的陷阱。

沒有受到任何影響。

陷阱是啟動了，但在她壓倒性的防禦力面前形同無物。

「果然……一點效果都沒有……」

馬克斯已經不曉得有幾十人份的陷阱白費在她身上了。

不過他還是有專為梅普露設計的陷阱。

「中了……！」

梅普露一踩中那陷阱，就有許多植物向她伸去。

它們纏住梅普露的手腳，停下了她的步伐。

這類阻礙行進的陷阱，對梅普露這樣機動力低的玩家很有效。

即使造成一定傷害就能破壞這個陷阱，但她現在手腳受制，不能用武器攻擊。馬克

斯以自己的技能為參考，猜想梅普露的大招也會有某些限制。

能造成大規模殺傷的技能本來就不是可以任意使用的東西，就算她用出來了，也等於是替蜜伊減輕負擔。

馬克斯認為自己若在此犧牲也是無可奈何的事，所以不管梅普露要對他用什麼招式，對他來講並無所謂。

「咦……？」

可是他沒想到結衣和麻衣可以一擊粉碎那些十分堅韌的植物。

「咦咦……？真的？」

陷阱接連啟動，然而傷害被梅普露阻卻，纏根被結衣和麻衣摧毀，三人毫髮無傷地持續緩慢前進。

「米瑟莉！」

「好！」

在米瑟莉的指揮下，種種具有穿透效果的魔法射向行動緩慢的梅普露幾個。

遠距離的魔法攻擊不太容易造成致命傷。

不過能迫使她們閃躲，這樣就能多爭取一點時間。

梅普露等人的進展不如預期。

躲魔法會遇到陷阱，且梅普露同時遭到綑綁與穿透攻擊時，需要花很多時間處理。要是她能自力突破束縛，攻起來就簡單了。

「莎莉的建議是……嗯。」

梅普露吸口氣，用馬克斯等敵軍聽得見的音量喊假技能，然後竊聲說真技能。

「【武器成長】！……【刀劍啟動】。」

層層金屬包覆她拿短刀的手，構成有她身高那麼長的刀。

這就是莎莉的建議。

在非得使用【機械神】不可的狀況下，就設法做點偽裝，隱藏她砲擊的真面目。化為刀而變重的手，在技能輔助下依然活動自如。梅普露直接用巨大化的短刀鍘斷纏在上頭的植物，再揮去砍纏住手腳的部分。

不管用什麼對策都被她一一破解，馬克斯肯定是頭痛得不得了。

「我們走！」

「「好！」」

梅普露的每一步都會觸動連環陷阱，一下升起高牆，一下地面陷落，一下魔法澆注。

但全都無法阻止她們前進。

結衣和麻衣的威力能一擊粉碎障礙，使得馬克斯認為對梅普露最有效的陷阱類型全

以失敗收場。

「沒辦法了……各位，回去吧。」

馬克斯留下米瑟莉，請其他玩家返回據點。

「準備犧牲了是吧。」

「嗯……」

即使陷阱遭到突破，他們依然保有最大防衛戰力。

那就是他們兩個。

能夠臨機應對這個狀況的最後堡壘。

馬克斯和米瑟莉都是以魔法攻擊為主。

他們發現了梅普露天使之翼的防禦範圍，知道要在那個範圍外進行穿透攻擊。

因梅普露的技能而微微發亮的地面，等於結衣和麻衣的行動範圍，進入那個範圍非常危險。

在這個遍地陷阱的地方，結衣和麻衣根本無法在梅普露能力不及的區域生存。

為恢復傷害，梅普露將攻擊交給她們，自己開始【冥想】。

「「【遠擊】！」」

結衣和麻衣還有遠程攻擊能用，且具有一擊必殺的威力。

不過距離太遠，打不中人。

就現況而言，雙方就只是用打不出有效傷害的遠程攻擊對射。

但這個膠著狀態也只會持續到梅普露【冥想】結束為止。

而那就是這一刻。

「【毒龍】！」

突然打出的【毒龍】瞬時奪去了馬克斯的退路。

那是只憑一擊就能奪去一切的力量。

這場戰鬥中，梅普露比馬克斯更能發揮自己的強項。

既然馬克斯最擅長的陷阱遭到突破，梅普露的勝利可說是理所當然。

「唔！【復活術】！」

米瑟莉施放的白光消散而覆蓋馬克斯。

這就是米瑟莉人稱【聖女】的由來。

儘管技能要在目標死亡的當下使用才會生效，但完全是可以後出的復活技能。

「【遠距設置·石牆】！【遠距設置·風刃】！」

馬克斯一復活就立刻灑下陷阱，試圖阻礙梅普露等人的行動。

不過她們現在的目標是米瑟莉，馬克斯預設她們會繼續攻擊他才設下這些陷阱，結果全白費了。

「唔……！」

米瑟莉不能對自己使用【復活術】。

若只顧自己生存，代價未免太大。

不如死在這裡。

任何攻擊都能一擊必殺的結衣和麻衣，簡直是治療魔法的天敵。

見到衝擊波擊毀她姑且設來拖時間的魔法屏障後，米瑟莉閉上眼睛。

「我先死回去了……」

結衣和麻衣逼向放棄掙扎的米瑟莉。

為了使攻擊更準確。

「太早放棄了吧？」

然而有個人阻止了她們。

那身纏火舌散布爆炎的身影不是別人，正是蜜伊。

◆□◆□◆□◆□◆

蜜伊立刻接連使出【炎帝】和【爆炎】，以爆風攻擊結衣和麻衣。

代替她們承受傷害的梅普露遭受擊退效果，沒有直接阻止她們的腳步。

但梅普露位置一變，無敵範圍當然會跟著變。

結衣和麻衣再也無法在馬克斯設下的地雷區前進，不得不後退。

結果就是蜜伊情急之下使出的慣用防禦手段，造成了最好的效果。

「【爆炎】！」

「衝、【衝鋒掩護】！」

遭蜜伊震退的梅普露立刻往跑回來的結衣和麻衣移動。

「麻衣、結衣，這邊！」

梅普露叫出糖漿，並讓她們上龜逃往高空。

因為對戰會使用強力擊退的人，很可能有保護不了她們倆的時候。

「【炎槍】！【焰火飛馳】！」

蜜伊使用【炎帝】進行中距離攻擊，接著手持火焰尖槍衝上梅普露面前猛刺。

梅普露揮掃化為刀的左手，但跟不上蜜伊的速度。

【獵食者】也逮不中她。

「【炎帝】也不行嗎……！」

不過，蜜伊同樣傷不了梅普露。

她原以為自己的最高火力打得穿梅普露的防禦，然而事實並非如此。

「米瑟莉！馬克斯！」

「好！」

「嗯！」

「【爆炎】！」

「哇！討厭啦！」

緊接在蜜伊的擊退之後，米瑟莉的穿透攻擊襲向梅普露。

馬克斯的陷阱也制住她的手腳。

「唔……」

梅普露揮刀砍斷纏住手腳的植物逃脫陷阱，以塔盾抵擋穿透攻擊。

有巨劍尺寸的刀和塔盾，想擊中她是阻礙重重。

再加上顯然很危險的【獵食者】攻擊範圍不小，在這之外的攻擊，憑梅普露的反應速度也來得及擋。

但若對方位在【獵食者】攻擊不到的位置，梅普露也沒有攻擊手段可用。

賦予短刀的技能只能每天免除五次ＭＰ消耗，現在只剩下一次，不能輕易用掉。強力技能不可以隨便使出來。

「怎麼辦……嗯！」

蜜伊反覆使用擊退攻擊，使梅普露一個踉蹌。

不需要打中梅普露，只要打中【獵食者】就能對她造成擊退效果。

要是擊退路線上還有陷阱，真的是令人暈頭轉向。

「煩耶！」

蜜伊、馬克斯和米瑟莉三人都相隔一段距離，且速度都比梅普露快，地上又布滿用來拖延她的陷阱。

這三名高排名玩家對付梅普露的行動和打怪完全不同，對梅普露來說極難對付。他們不會無腦直衝，純粹利用機動力的優勢擾亂她，找機會攻擊。

梅普露只能困窘地看著他們進行下一步行動。

對蜜伊幾個來說，偶爾打中一次穿透攻擊沒什麼意義，需要有效手段。

「米瑟莉，用那招！記得幫我調整防守戰力！」

「好！」

蜜伊趁馬克斯的陷阱再度啟動時使用了一個技能。

「【火炎牢】！」

「嗯？什麼……咦！」

梅普露周圍捲起一圈火牆，向天高衝。

頂端有開口，但相當地高。

她試著用刀砍火牆，但無法在火焰的包圍網製造缺口。

「哇！還會受傷！」

梅普露發現這招會無視防禦力，每隔一段時間造成傷害之後收回【獵食者】，喝藥水等技能結束，但遲遲等不到。

這是蜜伊一天只限一次，用得很不甘願的絕招，不會這麼簡單就結束。

「怎麼辦……嗯……」

梅普露動腦思考對策。

另一方面，蜜伊不斷猛灌ＭＰ藥水。

【火炎牢】可以持續到ＭＰ耗盡為止，上限十分鐘。

若要撐滿十分鐘，就得喝上幾十罐ＭＰ藥水。

以這次活動的性質來說，本來是有必要避免這樣的浪費，但對上梅普露可不能省。

「這招……行得通嗎？」

「我是很希望直接燒死她啦。」

「嗯……陷阱好像已經快沒用了……」

在如此對話的三名強者面前，一團黑漆漆的東西冷不防炸開火焰飛上天空，落出烈焰的牢籠之外。

三人的強大實力，按下了梅普露不可觸碰的開關。

「【全武裝啟動】。」

梅普露當著三人的面改變形態，那傲然挺立，全身武器黑得發亮的模樣氣勢洶洶。

她是認為現在這樣不會有勝算，於是又打碎一道枷鎖，解放新的力量。

「這次……換我攻擊了！」

所有武器發出各種聲響指向蜜伊等人。

「【攻擊開始】！」

「【爆炎】！」

梅普露全身子彈光束激射不止。

蜜伊立刻採取防禦，帶著馬克斯和米瑟莉躲到梅普露打不中的大樹後方。

不過梅普露打不中，表示他們也攻擊不到她。

馬克斯用來束縛她的陷阱，在無法追擊的情況下難以發揮效力。

「馬克斯，你怎麼想？」

「不行……那種的我不行……」

「我也這麼覺得……那應該是她的絕招，能看到就算賺到了吧。」

聽了他們的意見，蜜伊略顯懊惱地說：

「……沒辦法，我們輸了。可是，不能白白認輸。」

蜜伊叫出藍色面板，迅速傳訊給公會成員。

「走吧。」

「好的。」

蜜伊準備帶米瑟莉和馬克斯離開現場。

但是，比【焰火飛馳】大得多的爆炸聲使他們不禁一愣，往聲音來處看。

「找到了！」

想不到，梅普露一路抖落損毀武器，已經衝到了他們面前。

並在蜜伊放出【爆炎】之前用化為刀的左手刺穿米瑟莉。

「唔……！」

「【刀劍啟動】。」

梅普露左手長出更多刀械，接連刺穿米瑟莉。

米瑟莉還來不及恢復冷靜，梅普露就讓她化為光了。

「【爆炎】！」

蜜伊擊退梅普露，抓起馬克斯的手使出【焰火飛馳】逃跑。

但梅普露快過他們，瞬間趕上。

乘自爆之勢，一刀刺進馬克斯的背。

且同樣補上更多刀追擊，刺穿他的手腳。

「啊……」

馬克斯見到穿出胸口的巨刃，死心閉眼散去。

「我的ＭＰ……！」

蜜伊的ＭＰ耗用率跟梅普露一樣糟。

她連續使用【焰火飛馳】，先前又用了幾個大招，【腰包】裡面已經沒有藥水了。

只能再用一次魔法。

「……【自毀】！」

蜜伊心念一轉不再逃跑，接近梅普露貼上她的背。

全身燃起熊熊火焰。

「咦……！要同歸於盡嗎……！」

在梅普露這麼說的時候，蜜伊身上竄起沖天火柱，連同梅普露一起焚燒。

她已經沒有其他魔法可能有效了。

消散之前，蜜伊最後聽見的——

「自爆類的威力……還撐得住！」

是梅普露殘忍的宣言。

◆□◆□◆□◆□◆

當火焰熄滅，只有梅普露一個佇立在原處。

「我的ＶＩＴ算上技能都快破萬了……果然是沒事的啦！」

梅普露收起所有武裝，叫載著結衣和麻衣的糖漿緩緩落地並騎上去。

「早知道有這麼多陷阱就不下來了。」

「拿走寶珠以後就去打下一個嗎。」

「好哇。本來沒打算用的說……真是被他們敗到了。」

梅普露幾個抵達【炎帝之國】據點要拿寶珠時，發現寶珠不在哪裡，而且一個玩家也沒有。

「咦？」

「怎、怎麼會這樣？」

「……他們帶著寶珠逃走了？」

要是梅普露她們奪走寶珠又不帶回據點，寶珠就永遠不會歸位。

所以蜜伊盡了最大努力，用她的垂死掙扎讓梅普露的行動泡湯，避開了最糟的狀況。

「怎、怎麼辦？原本計畫是說能拿這裡的寶珠就拿……唔……」

「呃……那我有一個想法。」

「什麼想法？」

梅普露側耳傾聽結衣的話。

「這附近剛好有很多公會，我們就一個個掃過去，順便找拿走寶珠的人吧……」

「……嗯，就這麼做！」

梅普露等人在她們襲擊的公會據點，就只是踢館似的正面直線走向寶珠。

路上被撕成碎片的玩家不計其數，去擋結衣和麻衣的攻擊結果連盾一起打碎的玩家也是數也數不清。

因蜜伊而突然遇襲的公會共有六個，真是可怕的颱風尾。

所幸【炎帝之國】的成員趁早避難，總算是保住寶珠，逃出生天。

「只要暫時躲起來，梅普露就會代替我們保障據點周圍的安全吧。」

復活的蜜伊思考梅普露的行動，並對公會成員說話。

將到處混戰的玩家推給梅普露處理以確保安全的同時，他們也會損失自軍寶珠分數和鄰近寶珠的分數。

「雖然損失很大……但還是有好處。知道梅普露真的碰不得也算賺……」

蜜伊等人現在需要跑遠一點專心搶寶珠，等梅普露離開以後再回來，然後為即將全力襲來的強力公會作準備。

到第二天夜晚這段時間，情勢再度變動。

第六章　防禦特化與變更布陣

第二天日落時分，【大楓樹】所有成員都在據點裡。

「【炎帝之國】的陷阱幾乎都被梅普露踩爆了，重新布置需要一點時間……可是被他們帶走寶珠還是很傷。」

「對不起喔，莎莉。我們找了很久，還是找不到。」

「能讓【炎帝之國】為了賺回分數而到處打周圍的公會就好了啦……希望順利。」

這次梅普露襲擊【炎帝之國】，其實是想讓他們代為削減名次高於【大楓樹】的公會。【大楓樹】若想爭高名次，有需要借大型公會的刀。

這是因為小型公會淘汰速度比預料中快，中型與大型公會的戰鬥頻率升高，利用中型公會擾亂野外的效果降低很多的緣故。

【大楓樹】的目標是擠進活動前十名。

第一到第十的獎勵都一樣，所以目前以此為目標。

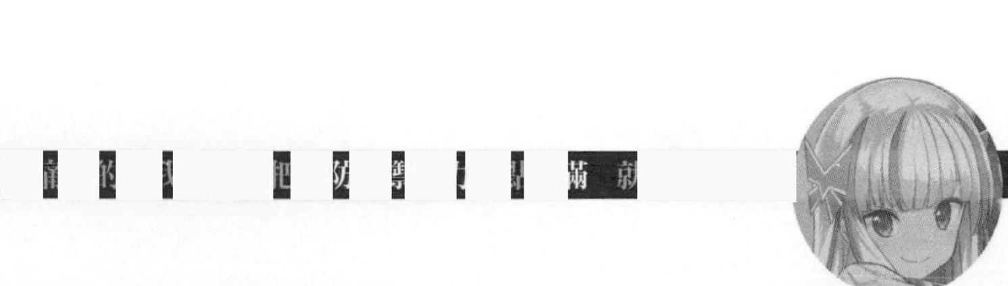

而現在他們是第六名。

其他名次全都是大型公會，讓他們比第一名還耀眼。

「果然主要還是人數差距吧……攻擊頻率根本比不過大公會。」

「不過名次已經比想像中還高了耶。老實說我沒想到會這麼高。」

不過以現況來看，即使莎莉回歸戰線也很難衝上第一吧。

「現在還是第二天，也不是沒有機會追啦，只是……差距繼續拉大就不好了。」

【大楓樹】討論的結果是留下伊茲和奏，其他人出去夜襲。

莎莉、麻衣、結衣一組。

梅普露、霞、克羅姆一組。

有梅普露就等於不會輸。克羅姆這邊是用來穩定賺分，莎莉這邊則是為了檢驗結衣和麻衣的奇襲極限。由於她們長時間一起特訓，默契特別好，莎莉的能力也很適合吸引敵方注意，替兩人製造機會。

「那我們走囉！」

「慢走喔。我跟奏在這裡等你們回來。」

所有人都有莎莉的地圖筆記，預定是各自找公會突襲。

◆□◆□◆□◆□◆

遭淘汰的玩家超乎想像地多，成了現在觀戰區中的熱門話題。每場夜襲或奇襲，都會一口氣淘汰大量玩家。

「看樣子，到中間就有絕大多數公會要滅光了吧。」

「很有可能，小公會都是風中殘燭了。啊，【大楓樹】不算。」

說那是例外後，玩家又看看排行榜。

「【大楓樹】好像真的有機會留在前十名耶？」

「【炎帝之國】現在很危險，大公會彼此之間差距也滿大的。【聖劍集結】比較穩定，【大楓樹】就難說了……」

「也不會，垮一次就完蛋了。很難吧？」

「誰壓得垮梅普露的防禦？」

說到這裡，原本覺得很難的玩家表情變得猶疑。

「梅普露在對方只能跟她打的時候就贏定了。逼到不能逃的狀況什麼的。」

「這次需要守寶珠，也需要搶回來嘛……說不定真的有機會。」

「人家是梅普露嘛。」

男子聽他這麼說，也就接受了。

那是能讓人放棄思考的魔法小語。

「再來就看人數差距有多大影響了。」

「都打到第六了，真希望他們能守住啊。現在一副大公會專利的樣子。」

「我懂你的心情，不過很難說。【大楓樹】的牌都打光了吧。」

「啊……對喔，還有這個問題。那恐怕很難了。」

結果大半玩家都認為前十全都會是大公會，被【聖劍集結】或【炎帝之國】等公會滅掉的，也都希望他們上位。這當中，也有一部分玩家伸長脖子看直播，等待【大楓樹】衝上去的那一刻。

這時，在活動場地中【大楓樹】的據點裡，伊茲正在努力製造藥水。

◆□◆□◆□◆□◆

莎莉等人躲在樹叢裡，等待搶寶珠的時機。

在梅普露帶結衣和麻衣襲擊【炎帝之國】的這段時間，莎莉曾請霞砍她來檢查迴避能力降了多少。

確定恢復得差不多以後，才決定加入攻擊。

「呼……好！」

莎莉跳出藏身處，奔向寶珠。

「有入侵者，幹掉她！」

「很好……！看得見！」

她避開直逼而來的攻勢，斬倒敵人往寶珠衝。

「包圍她！斷她的路！」

敵人們迅速互相配合，要圍堵莎莉。

「被我釣走會死得更難看喔……」

就在莎莉這麼說的同時，注視著她的玩家被衝擊波一擊炸個粉碎。

錯愕轉頭的玩家們又遭到莎莉攻擊，被迫注意一個方向。

大多玩家都在害怕草叢的同時又不得不面對莎莉。

在這樣的狀況下，自然是來不及處理離開草叢的結衣和麻衣。

兩人擲出的鐵球砸在面朝莎莉的玩家背上，對方糊里糊塗就丟了小命。

見到這一幕的玩家都極為恐慌。

有如梅普露的不明攻擊能力，非常足以凍結玩家思考。

「朧，【影分身】！」

若這當中再出現令人注目的事，腦袋想維持正常也難。

在玩家們不知如何處置分身了的莎莉時，他們已經進入了結衣和麻衣的巨鎚射程裡。

一聲悶響，好幾個玩家被搥上空中，化成閃亮亮的光點。

「太、太扯了……」

「「【雙重搥打】！」」

結衣和麻衣接連擊潰敵軍。

當然，攻擊她們就結束了，可是愣住的人做不到。沒有愣住的等於是背向莎莉來攻擊，莎莉不會放過，於是這些人又從背後遭受痛擊而倒下。

對莎莉來說，要分辨誰想攻擊結衣和麻衣是易如反掌。

莎莉用完全不同於梅普露的方式護住了結衣和麻衣。

三人的ＨＰ都是初始值，只要受到一次攻擊就會倒下。

不過她們將戰鬥控制在不會發生那種事的狀況下。

「寶珠我拿走囉……下次再多丟點鐵球吧。」

「「好！」」

三人往下個目標邁開步伐。

奏和伊茲兩人在據點閒閒沒事做。

「這附近的公會好像都放棄我們了……好無聊喔。」

「如果有公會從很遠的地方過來，可能會不知道這是我們吧……啊。」

說人人到，一群玩家陸續從出入口進來了。

玩家們遠遠就從裝備認定他們是後援跟工匠型。

「可以打！沒有近戰！」

手持劍盾的玩家湧上前線。

「好，該開工啦。」

「是啊。」

伊茲雙手各拿一顆炸彈，奏叫出漂浮的書櫃。

【大楓樹】只讓他們防守，並不是將重點放在攻擊的無奈之舉。

因為靠他們兩個就十二分地夠守了。

面對逼來的敵方前鋒，伊茲丟出的炸彈在他們頭上增為十倍灑了下來。

在遮蔽視線的爆炎與衝擊中，用盾掩護到所有爆炸結束也是無可奈何的事。

然而，那些炸彈都是奏製造出來的幻象。

實際數量沒有改變，當然也不會有更多傷害。

那為何使用魔法，第一是因為那是他用【神界書庫】抽到的本日限定技能。

不需要節制，此後還能做成魔導書，沒有任何問題。

而第二，是為了爭取時間。

持續十幾秒的爆炎散去，視線恢復清晰時，他們又揚起各自武器攻來。但這時，奏身前多了顆劈啪響的白色球體。

「好……趕上了。」

球體壓縮得愈來愈小，覺得危險的玩家們趕緊採取防備時，球體發出眩光炸開了。

奏使用的技能是【破壞砲】。

相對於發動時間較長，範圍有限等缺點，它具有壓倒性的火力。眩目白光燒盡了奏正前方的一切。

當眩光散去，錯愕的玩家們分成兩邊，中間多一條沒有半個人的長廊。

「伊茲，我想多留一點魔導書……」

「知道了，用那招是吧。」

伊茲從腰包取出裝滿漆黑液體的瓶子交給奏。

那個道具是利用【新境界】才得以製造，能在短時間內持續高速恢復ＭＰ的藥水。

奏一口喝光藥水後，新展開的無數魔法陣深烙在回神過來的玩家們眼中。

那明確表達了一則訊息。

不想死就快點回去。

「唔……放棄！快撤退！」

維持防禦舉盾後退的玩家們，在幾個被魔法擊殺的少數犧牲中結束撤退。

他們能夠活命，是因為伊茲和奏無意深追。假如結衣和麻衣在，當對方發現他們其實不是肥羊時已經滅團了吧。換成梅普露也一樣。

「強力魔導書很有限，能這麼快就撤退真是太好了。」

奏將【神界書庫】抽中的魔法全都製作成魔導書保存起來，不過不見得每次都能抽到想要的魔法，有些根本想不到用處。

當然也會抽到【破壞砲】這樣的強力技能，但數量如他所說，相當稀少。

「【聖劍集結】那樣的大公會也有可能打過來，關鍵性的魔法書要盡可能多留一點呢。」

這次對方退得很乾脆，下次就難說了。

然而死亡次數在第二天就告急的公會漸漸增加，為慎重起見而撤退的可能的確很高。

另一方面，梅普露等人騎糖漿飛過天空。速度各自不同的霞、克羅姆和梅普露一起行動時，這是最能統一速度的移動方式。

「最近大家一看到我就馬上用穿透技能耶……」

「對啊，正常的啦。」

「是我也會吧。」

現在大家都知道梅普露的存在，遇到她就用確定能造成傷害的穿透技能，已經成了所有玩家的常識。

對梅普露來說，現在環境肯定是比第一次活動更艱難。就算不會死，她也不喜歡一直挨打。

「被包圍的話，光靠【抵禦穿透】不夠用……有沒有其他方法啊……」

【抵禦穿透】雖能消除穿透效果，但持續時間很短。

「我是覺得可以先在周圍灑毒擋一下，可是學抗毒的人也愈來愈多了……」

聊到這裡，目的據點已經近了。

「跳下去喔！」

「……好。」

「……知道了。」

梅普露牽起克羅姆和霞的手就要往地面跳。

雖然梅普露的技能可使他們免於摔傷，這樣的高度還是很恐怖。

「梅普露，妳都不怕嗎？」

霞忍不住問。

「現實我當然會怕啊……可是在這裡絕對不會痛嘛！」

克羅姆聽了心想——

梅普露這個總能幫她找出怪異技能的行為模式，他肯定是學不來。

若想取得偏離常軌一步之遙的技能，就必須先有偏離常軌的部分。

想著想著。

三人從二十公尺高之處跳向地面。

「寶珠我拿走囉！」

梅普露有地面長出的怪物及克羅姆和霞保護，想用穿透技能擊中她非常困難。

而克羅姆和霞有梅普露的天使之翼保護，攻擊他們也沒用。

「哈……擔心都是多餘的吧。」

克羅姆呢喃著用盾抵擋攻擊並砍回去。

他們剛在糖漿上討論怎麼對付穿透攻擊。

可是看情況，似乎不用煩惱這種事了。

再說克羅姆也無法想像梅普露被逼到九死一生的景象。

霞和克羅姆遭到許多玩家連番攻擊，但大多都能以閃避或抵擋著實應對，直到戰鬥結束都沒有給梅普露什麼負擔。對方是小型公會，玩家不多，沒給他們帶寶珠逃跑的時間就成功殲滅。

結束戰鬥後，三人立刻搭糖漿前往下個寶珠。梅普露節節爬升，飛到地面看不清糖漿的高度。

據點位置可由地圖掌握，沒有問題。不一會兒，三人抵達目的據點上空。

「啊……這裡好像沒寶珠耶。」

梅普露往下看，發現寶珠不在台座上。

也沒看到玩家，顯然不是被搶就是已經全滅了。

「先在周圍巡巡看吧。」

「好，我也來巡。」

克羅姆和霞慎重地巡視四周，結果還是沒有發現玩家和寶珠的影子。

「看來沒問題，可以直接去下一個點了。」

「對啊，走吧。」

為了寶珠，三人又在空中連續看了三個點。

全都無法目視寶珠的存在。

糖漿的飛行速度並不快，花了不少時間。

持續白跑，會讓人感覺特別累。

單調的飛行中，梅普露身上傳來收到訊息的通知聲。

「嗯……莎莉傳的耶。」

點開一看，裡頭說他們已經返回公會據點，如果梅普露那邊搶得不順利，希望先回去一趟。

梅普露將內容告訴克羅姆和霞，決定折返。

第二天只剩幾小時就要過去，這個時間回去也剛好。

◆□◆□◆□◆□◆

梅普露等人降落在據點前正要進去時，發現有陌生玩家一邊轉頭看背後一邊慌張地往外跑。

他們以為成功逃脫的放心表情在理解眼前三人身分時變得絕望，下一刻就被克羅姆和霞的刀同時砍中身體而消失。

「被打了！」

「對啊，快走！」

霞帶頭奔過通往寶珠的路。

舉刀進入房間，見到莎莉等五人都在裡面。

從結衣和麻衣正在撿地上的鐵球看來，一眼就能看出他們已經打退敵軍。

「沒事啊……」

霞收起刀，走向他們五人。

克羅姆和梅普露跟過去，所有人平安重聚。

負責防守的奏和伊茲似乎耗掉很多體力，坐在地上休息。

「唉～累死我了……要是沒有伊茲的道具就慘囉。」

「這次用掉好多炸彈……我要趕快去補做了。」

伊茲在任何地方都能使用工坊的功能。

只要能騰出足夠的製造時間，道具就不會耗盡。

「嗯……之前都沒什麼被打耶，怎麼突然這樣？」

梅普露說得沒錯，現在玩家逐漸認為最好別碰【大楓樹】，這樣的連續遇襲不太尋常。

「梅普露，妳有搶到寶珠嗎？」

「咦？嗯……沒多少。大部分公會都沒有寶珠……莎莉呢？」

「我們那邊也好像也被掃過……總共只有兩個。」

先放下搶來的寶珠以後，梅普露問莎莉怎麼會傳那則訊息。

「妳不是說絕德還會再來嗎？所以我想【聖劍集結】又會找時間打過來，而且應該會是在晚上，然後情況可能會變化得很快，現在這樣恐怕有危險……就這樣。」

莎莉打開現在的排行榜，往下捲動。

死亡五次而全滅的公會名稱旁邊會有標示，而目前不只是小型公會有，也開始蔓延到中型公會了。

有幾個公會從第一天就火力全開衝分數，被他們奪走寶珠的公會開始全力攻擊，加速戰況。

可以不死一個人就防衛成功的公會少之又少，以致第二天快結束時已經有相當多的公會完全出局。

殘留的主要是人多的公會，以及極少數例外。

公會總數的減少，使得奪取寶珠的機會跟著減少。

【大楓樹】遇襲，就是因為不知道他們是【大楓樹】的公會從遠處來到這裡所造成。

勢。

結衣和麻衣和梅普露的速度，在需要在野外到處搜刮寶珠的這個活動裡是一大劣勢。

她們三個再強，沒有寶珠也搶不到。

「還以為進展會再慢一點……可是每個公會都好拚……我想在初期多搶一點，成績也不如預期。」

環境變化得比莎莉想像中快很多，中型以下公會幾乎死絕。寶珠減少，大型公會對戰機率升高，顯然會造成野外更加混亂。

「所以我覺得雖然比預期早很多，但已經可以進入下一個階段了。」

所有人都同意這個提議，確認各自的工作。

梅普露回想起自己的工作，不禁對莎莉問：

「那接下來……」

「嗯。」

莎莉明白她接下來要說什麼，替她說下去。

「就是等【聖劍集結】……過來了。」

梅普露聽她這麼說，開始仔細檢查現在能使用的技能和剩餘的武器。

◆□◆□◆□◆□◆

當第二天只剩十分鐘，梅普露幾個正要決定今晚守夜順序時，這天最後的訪客出現了。

所有人停止對話，拿出各自的武器。

對方是無論如何都不能輕忽的對手。

總共有十五名玩家進入據點。

不僅如此，其中包含【聖劍集結】的最高戰力培因、絕德、芙蕾德麗卡和多拉古四人。

原本他們是沒有非跟【大楓樹】硬碰硬的必要。

他們不是為了打倒會威脅其名次的公會而來，目前【聖劍集結】和【大楓樹】的分數有一段差距。

培因等四名主力全都來到這裡的原因無他，單純就只是想戰勝【大楓樹】而已。

他們心中某個角落，始終盼望與旗鼓相當或可能更強的公會對戰。

所以選在【大楓樹】全員到齊時襲擊。

不過為了讓其他公會成員接受這種近乎沒有意義的攻擊行為，他們不得不挑一個梅普露可能最弱的時候進攻，這也是無可奈何的事。

於是，他們在一日將盡的時候出現了。

「呀呵～又見面啦～」

芙蕾德麗卡笑著對莎莉揮手，莎莉只能用不知怎麼反應的臉望著她。

「妳也太不緊張了吧，馬上就要殺個你死我活了耶？」

多拉古拔出巨斧備戰，一副隨時會衝過去的樣子。他的話使得【大楓樹】的人個個嚴陣以待。絕德在一旁默默集中心神，與眼神彷彿在說不會再輸給他的結衣和麻衣對視，抽出匕首予以答覆。

而培因立於這十五人最前方，一身金紋白甲白盾加上金髮碧眼，存在感特別強烈。

「梅普露，我想和妳對戰已經很久了。我是有勝算才來的……今天一定要打敗妳。」

培因拔出光耀的白銀長劍，架起盾牌。在莎莉眼中，他的架勢沒有半點破綻。

「我才不會輸給你！」

梅普露如此回話，將【禁藥種子】扔進嘴裡。

「【獻身慈愛】！【獵食者】！」

在她天使之翼左右伸展、召出蛇怪的那一刻，戰鬥開始了。

「【多重加速】！」

開戰後，芙蕾德麗卡立刻用魔法提升【聖劍集結】的移動速度。

絕德和培因隨即向前，多拉古緊跟在後。

「「【遠擊】！」」

「別想有第二次！」

絕德乾淨避開結衣和麻衣的攻擊。

她們非常不適合正面對抗迴避力高的絕德。

絕德以死亡為代價，親身體驗了兩人的異常性，帶回公會。

也就是說，結衣和麻衣已經失去「能力不明」這個最大的武器。

不會再有人傻到用盾牌抵擋她們一擊必殺的攻擊。

多拉古的攻擊掃向位在最前線的結衣和麻衣。

「【土石浪】！」

斧刃劈砍地面，激起的巨波轟然爆裂，如雨霰般射向結衣和麻衣。

儘管有梅普露保護她們不受傷害，但多拉古的特性【附加擊退】就另當別論了。

梅普露的後退，使得最前線的結衣和麻衣脫離【獻身慈愛】的範圍。

這不是碰巧，多拉古和絕德立刻衝向她們。

梅普露等人在今天即第二天大殺四方，尤其是對戰【炎帝之國】時，堪稱是大幅發揮了梅普露和結衣和麻衣的異常性。

梅普露沒發現【聖劍集結】的偵察部隊當時也在暗中觀察她。

因此，【聖劍集結】知道了很多。

例如【獻身慈愛】的弱點。

梅普露能啟動武裝。

她的塔盾技能【暴食】現在有次數限制。

他們藉此擬定計策，來取梅普露的首級。

「我說過了！我是有勝算才來的！」

「【衝鋒掩護】！」

「想得美！」

「【魔力屏障】！」

霞和克羅姆分別抵擋絕德和多拉古，奏以魔法加固防禦。

即使梅普露的招式遭到破解，他們還有克羅姆和霞這兩個頂尖玩家。

他們都十分慣於應付各種招式。

「梅普露！先解除掉比較好！」

「好、好吧！知道了！」

梅普露聽從莎莉的建議解除【獻身慈愛】。

既然對方已有對策，接下來有大量穿透攻擊襲來也不奇怪。

而事實上，位於後方的芙蕾德麗卡所有魔法幾乎都具有穿透防禦力的效果。

也會直接射向梅普露的魔法雖能用塔盾抵擋，但這樣也難以行動，相當棘手。

培因看準多拉古和絕德一次拖住四個人的這一刻，架定劍盾直盯梅普露再向前進。

「別想過去。」

「我偏要過。」

盾牌準確彈開莎莉的匕首，劍架走後續攻擊。

莎莉繼續擋在兩人之間，專注於培因下一步行動。

「絕德！」

隨培因這一喊反應的不只是絕德，多拉古和芙蕾德麗卡也有動作。

「【神速】！」

「【狂戰】！」

絕德忽然消失，多拉古暫時不會有放招後的僵直。

兩人各施強力絕招後，芙蕾德麗卡的聲音響起。

「【多重全轉移】！」

芙蕾德麗卡的魔法絕招將絕德和多拉古身上所有輔助效果轉移給培因。

培因速度暴增，霎時消失無蹤。

「不准過……！」

莎莉直接攻擊培因隱身後的可能位置，但匕首又被他精準彈開，打不出傷害。

「【超加速】。」

而且培因進一步加速，甩開莎莉。

即使能預測培因的位置，莎莉也追不上他。

這就是等級差距。

培因等級高過莎莉兩倍有餘，各項屬性本來就比她高。

戰鬥中可以憑反應閃躲，莎莉或許能表現得平分秋色或者更好，但若對方不跟她打，反應再快也是枉然。莎莉心裡一急，轉向梅普露。

「人、人呢？」

梅普露舉著塔盾到處尋找培因，警戒著沒有保護的部位。

認為那面比人高的盾可以保護自己。

所以沒想到聲音會從成為死角的塔盾另一邊傳來。

「【斷罪聖劍】！」

培因冷不防現身，那光耀聖劍在短暫的蓄力後疾掃而出。

四人份的絕招聚於一點，要斬下梅普露的腦袋。

「唔……啊……」

至今只嘗過寥寥幾次的感覺霎時中斷梅普露的意識。

培因的劍將朝他咬去的蛇怪和梅普露的塔盾全都斬成兩段，甚至破壞裝甲深深劃過梅普露的身軀，使她一路往後飛到撞牆，ＨＰ當場只剩下1。

梅普露撞牆的劇烈聲響吸引了【大楓樹】成員們的注意。見到梅普露遭受致命傷，讓他們出現破綻。

尤其是結衣和麻衣，任誰都看得出來是非常慌張。

克羅姆和霞心裡也不平靜。

「【剛力斧】！」

「唔……！」

多拉古的斧頭趁隙劈過克羅姆的身體。

芙蕾德麗卡從後方不斷施放多種輔助魔法，使多拉古原本就很高的攻擊力更上層樓，不是克羅姆可以正面承受。

他和梅普露一樣發動了【不屈衛士】，ＨＰ鎖在1而逃過當場陣亡，但狀況依然嚴苛。

他很想立刻過去支援梅普露，但多拉古不會放行。

於是他將注意力放在不讓多拉古攻擊梅普露。

克羅姆的ＨＰ在對峙多拉古時節節恢復，讓他睜大了眼。

「你還真難纏，我也是！」

不過克羅姆得代替梅普露幫結衣和麻衣抵擋傾注的魔法攻擊，行動受限，這樣肯定撐不了多久。

這當中，培因再度襲向梅普露。

他也懷疑過梅普露是否擁有【不屈衛士】，而事實顯然是有。

培因直接逼近梅普露。承接自多拉古的【狂戰】取消了他強力招式後的僵直，可以流順地繼續下一動。

「【黑煙】！」

奏用魔法煙霧遮擋培因的視線，不讓他接近梅普露。

同時伊茲朝煙裡丟炸彈，爆炸聲與焰光閃個不停。

「【退魔聖劍】！」

培因揮劍掃去煙霧，盯住眼前的伊茲和奏。

「來不及嗎……！」

「還沒……！」

奏和伊茲繼續取出魔導書和炸彈，但培因遠比他們快多了。

培因順勢斬倒他們倆，與梅普露只有幾步之遙。

「【破牆聖劍】！」

對梅普露鎧甲能夠重生而驚訝之餘，他決心以穿透技能作最後一擊。

在高度專注的培因眼中，接下來的情景非常緩慢。

撞進牆裡的梅普露依然舉直的塔盾，向前倒了下來。

接著，藏在塔盾後的左手無疑已變形成巨大砲口。

發現奏和伊茲其實是用煙霧和爆炸掩護梅普露的行動，已經太遲了。

「在這種時候……！」

培因的技能正在執行而無法迴避，只能強行揮劍。

「【反擊】！」

這是梅普露在第三次活動中取得的新絕招。

能在中招之際將傷害加到自己下一個攻擊的技能。

在培因命中之前，砲口湧出的光之洪流燒過培因全身。

他威力最大的攻擊打回到自己身上。

「唔……還沒結束……！」

培因也剩最後一滴血，重新衝向梅普露。

「【碎敵聖劍】！」

「【暴虐】！」

黑色霧靄形成了前一刻還是梅普露的東西。

逆轉了的攻擊次數與範圍，使培因對怪物逼來的許多手臂睜大了眼。

「什麼……！」

他砍下第一條手臂，用盾擋下了第二條。

兩條手臂都被他紮實阻止。

可惜對方並不是人。

「太急了嗎……真沒想到。」

隨後伸來的血盆大口當場咬掉了培因的上半身。

而且沒有就此滿足，揮舞剩餘的手腳逼向絕德和多拉古。

「太扯了吧？喂！」

「啊～？……又變身了……？」

怪物朝臉上滿布疑惑與焦躁的兩人吐出火焰，因而退縮的絕德被她一把抓住，多拉古則是直接進了她的嘴。

「都覺得死得其所了……啊～好好好，我輸了。」

絕德閉上眼，死心讓她吃。

【聖劍集結】的後援部隊，見到培因、多拉古、絕德等的最高戰力接連陣亡，放棄戰線選擇撤退。

「我也要跑了！【多重加速】！」

芙蕾德麗卡幫所有人加速時，原本是梅普露的怪物跳過他們頭頂，攀到牆上。

頭部垂在出入口前，口水直流。

想出去，非得先打倒她不可。

在眾人覺得根本辦不到而苦惱時，有人在他們背後喊出技能。

「「【遠擊】！」」

「！【多重屏障】！」

芙蕾德麗卡倉皇地用魔法防禦。

但馬上就後悔了。

因為抵擋型的防禦對結衣和麻衣沒有意義。走投無路的芙蕾德麗卡下意識地使出她最慣用的防禦手段。

啪唧一聲，所有屏障理所當然地炸開，芙蕾德麗卡也化成光消失了。

不知道梅普露還有【暴虐】能用，成了分出勝敗的關鍵。

假如沒有【暴虐】，培因的最後一擊肯定會削掉梅普露最後一點ＨＰ。

然後【大楓樹】處處受限的前線也會崩潰。

如此一來，莎莉應該會設法纏鬥到最後，但情況還是對【聖劍集結】有利。

梅普露將剩餘敵人生吞活剝之後，眾人等伊茲和奏復活，莎莉收起自軍寶珠。

「好啦，梅普露，進入第二階段。」

「嗯！沒錯！」

當時間將近丑時三刻之際。

一頭怪物潛行於夜色之中。

背著七個怪物到處襲擊公會。

第七章　防禦特化與夜晚的黑

某座深夜中的森林裡，一個大型公會將據點照得通明，加緊防守。

「最近大公會也垮得好快啊……」

「是啊，大公會之間的戰鬥要白熱化了吧。什麼時候打過來也不奇怪。」

兩人對話時，黑暗中傳來窸窣聲響。

「……我們走。」

「走，去看看。」

兩人拔出了劍，走近發出聲音的草叢。

往草叢一照，照出一顆大張著嘴的怪物腦袋。

「「……啊？」」

他們嚇傻的瞬間就進了怪物的肚子。

不僅如此，怪物更往據點中央猛衝。

輾殺咬死焚燬察覺異狀的玩家們，到處肆虐。

以大型公會總人數而言，這樣的死亡數不算什麼，可是恐慌所造成的心理衝擊遠甚

於此，使得玩家之間無法順利配合。

因為他們只設想過大量玩家來襲的狀況，而不是遭一頭巨怪襲擊。

「喂，這活動還有魔王怪的喔？」

「沒聽說，不知道！」

「來了來了！怎麼辦！」

混亂逐漸擴散，指揮難以傳達。

還有七個人悄悄跳下怪物背上，在哀嚎遍野的混亂之中屠殺玩家。

散發壓倒性存在感，到處獵食與破壞的怪物，讓他們七人的動作很不顯眼。

一片慌亂之中，這已然半毀的公會都沒發覺那七人的存在。

「ＯＫ！下一個！」

怪物一聽見莎莉的聲音就讓那七人重回背上，撕碎路上玩家離開現場。

「嗯，有打到寶珠，不錯不錯喔。」

「再來打哪邊？」

「嗯……往左邊那個公會走吧。」

莎莉在【暴虐】狀態的梅普露背上說。

他們要在梅普露目前這個最後且最大的異常能力傳開之前，趁大型公會沒有任何防備時大肆掠奪一番。

對大型公會來說，那就像天災一樣無能為力。

他們就這麼莫名其妙地失去寶珠和大半人力，眼睜睜看著敵人離去。

犧牲人性換取機動力的梅普露，在一夜之間就鬧翻了許多公會。

【暴虐】的強項在於沒人知道那是梅普露，需要一點時間才會想到要用穿透技能。

而莎莉會看準時機，在他們採取行動之前指示撤退。

梅普露就這麼按照計畫奪取寶珠、削減戰力，擴大被害範圍。

據點位在平原的公會當中，有些故意熄燈想低調地度過黑夜。大型公會大多已經暴露位置，平原還是最不利防守的地形。

「今天沒什麼月光……好暗喔。」

「第二次活動的時候，我也覺得晚上行動好辛苦喔。」

時間靜靜流逝。

除了些許蟲鳴、風吹、其他公會成員的對話聲，幾乎沒有聲響。

因此，快速接近的奔跑聲格外明顯。

「燈光！照這邊！」

魔法光明立刻照亮聲音來處。

見到的是這兩天來從未見過的巨大怪物。

怪物回敬這強光，吐出熾烈的火焰，使玩家們心中滿是疑惑和慌亂。

在這裡的所有玩家，都不曾這麼慌過吧。

他們面對這怪物時，就是不知所措到這麼說也不誇張的地步。

「寶珠我拿走囉。」

怪物就這麼奔向據點中央，一把抓走寶珠。

「回敬你們炸彈喔～」

七人各自丟出手上炸彈。

奔走的怪物背上不斷灑落爆裂物，還不時摻雜鐵球、衝擊波或魔法。

還沒有引起什麼大規模戰鬥就有十多人遭到捕食，二十多個死於天降之火的連擊，其他大部分被她輾了就跑。

「要在大家知道之前……趁今晚多幹掉一些才行。」

「嗯，對呀。」

這場作戰的目的除了賺取大量分數之外，更重要的是加速大型公會完全毀滅。

也就是讓已經快得目不暇給的步調更快，在最後一天之前確立前十名名單。

就算達不到，莎莉也認為這樣的成功足以在今晚大幅推進活動進度。

「梅普露，再拚一下就好喔。」

「嗯！我還好得很喔～！」

梅普露速度一點都沒降，直奔下個公會。

【聖劍集結】與【大楓樹】的戰鬥結束後，觀戰區每個角落聊的都是這個話題。

「哎呀，竟然是梅普露贏了。」

「不過真的不到最後不曉得誰會贏耶。培因把梅普露打飛的時候，我還以為他贏定了。」

「戰略上是【聖劍集結】贏，可是最後那個才是真正的關鍵。」

「再打一次就不曉得會怎樣了……嗯～梅普露已經脫離人類的範疇了吧……完全是怪物。」

「那個啊……她終於捨棄了天使路線呢。」

那個當然是指【暴虐】的事。梅普露在最後關頭變成怪物的畫面，讓觀戰區所有人都傻了。全都是無法理解的感覺。

「那種技能要去哪裡拿？」

「……我哪知道？唉，連培因都嚇到了吧。」

「話說回來，那是要怎麼控制啊？腳那麼多，應該很難動吧？」

「我也不覺得我能控制得好。」

「總之，【大楓樹】看樣子是很可能留在前十名了。培因都打不死她，應該是真的沒辦法了吧。」

「以後還要想抗毒以外的事嗎，一般的魔王怪還簡單多了呢。」

「就是說啊。哎呀，幸好有看到這場。原來梅普露還是會受傷，一樣有HP的概念啊。」

「希望他們能再單挑一次。找一個不會害到別人的地方。」

所有人都點頭表示認同。

「唉，能變成怪物實在太扯了啦。」

這句話讓所有人再度大大點頭。

◆□◆□◆□◆□◆

持續一整晚的破壞行軍到六點才告終。

放好所有搶來的寶珠，並將自軍寶珠歸位後，本次作戰也宣布結束。

「啊……好累喔～！第一次跑這麼久……」

依然維持【暴虐】狀態的梅普露這麼說。

莎莉的危機處理讓她幾乎沒損血，但疲勞可就躲不掉了。

「我可以睡一下嗎？有事就趕快來叫我……」

「嗯，去睡吧。」

說完，梅普露沒有恢復原狀就到後頭去了。

沒有嚴重損傷就解除很浪費，這也是當然的。

畢竟【暴虐】是每天只有一次的技能。

「有大公會打來的話，就照計畫互相掩護，退到裡面就行了吧？」

「嗯，這樣就行了。馬上帶我們的寶珠往梅普露那裡跑。」

【大楓樹】屬於小型公會，被他們搶走寶珠的大型公會會扣比較多分。為避免扣分，他們很可能會來搶回去。

目前【大楓樹】據點裡有十顆外來寶珠。

其中七顆來自大型公會。

每個公會都要到同一個地點搶寶珠，很有可能會在進入【大楓樹】據點前先廝殺一

番。

假如不來搶，那就很可能去搶其他公會。

無論這十個寶珠何去何從，都會在某處使許多玩家死於某種方式。

對試圖加快活動步調的【大楓樹】而言，希望各公會為爭奪寶珠而互相磨耗。

防衛成功與否並不是那麼重要。

「現在這樣也能維持在前十名吧……開場打得很漂亮。」

「我們只要躲到底就行了……不曉得到底來不來。」

所有人都警戒著出入口，並盡可能抒解掠奪一整晚所累積的疲勞。

剛過七點不久，約有七十個玩家在防禦架勢的塔盾職帶領下湧進來。

他們一從狹窄出入口進入橫幅較寬的大房間就立刻向橫散開，舉起武器。雙方以約十五公尺間距對峙。

「……這是已經互打過了嗎？」

「不知道，多少削過一點了吧。」

雖然人還是很多，但以大型公會的攻勢而言算少了。

【大楓樹】的陣形是莎莉、克羅姆和霞打頭陣，結衣和麻衣則在空隙處後面幾步的位置。

伊茲在她們倆中間，奏站最後面。

結衣和麻衣空出前方，當然是為了砸鐵球。

「「嘿！」」

已經歷反覆激戰的盾在鐵球連砸之下紛紛粉碎。

「還有喔～」

結衣和麻衣扔的鐵球都是伊茲從道具欄拿出來的，不知何時才會用完，非常棘手。

可是強力盾職仍仗著多數暴力奮勇向前。

結衣和麻衣縱有一擊必殺的威力也無法同時打倒所有人，阻止不了對方。

而她們三人使出這轟轟烈烈的先制攻擊，當然會成為魔法的標的，各種魔法朝她們射去。

「【衝鋒掩護】！」

克羅姆移動到三人面前，以身體和盾抵擋攻擊。

儘管受到很大的損傷，不過盾和技能的恢復效果幫他挺了下來。

克羅姆只要不死，站著也能補血，此外還有幾項要素讓他的命特別硬。

他一直都是個非常難纏的玩家，只是光芒被梅普露蓋過罷了。

「【冰雪大地】。」

奏使用淺藍色魔導書所發動的魔法在地面鋪上一層冰，凍住玩家們正要前進的腳。限制行動的效果只有短短五秒。

但在結衣和麻衣面前，這五秒長得絕望。

他們一個又一個地連人帶盾炸個粉碎。除此之外，由於活動中補給不易，裝備的損傷也會讓他們愈打愈艱困。

已經有很多玩家遭到淘汰，且損害仍持續擴大。

「朧，【影分身】。」

莎莉用【影分身】隨意攻擊。

她不擅於面對多數敵人的防衛戰，戰術是以到處支援並使用技能混淆敵人，造成心理壓力為主。

霞貫徹打帶跑戰法，用瞬間移動打倒前線盾職再以【跳躍】脫離戰線。

當這七人發揮各自強項時，若不是正好相剋的玩家，來幾個也沒意義。

沒有跨過某條基準線的人，根本不是對手。

同時，既然鐵球砸得乒乒乓乓，自然也就吵醒了在隔壁房間躺下還不到一小時的大魔王。

入侵者們見到被吵醒的怪物不悅地慢慢爬出後方通道，全都急了。誰都沒想到先前襲擊他們公會的怪物會出現在這裡面。

「你們給我安靜一點！不然全部打趴！吵死了！」

跨過那條基準線且走歪的人所變成的怪物都和同伴並肩作戰了，還在線底下的人實在不可能打倒她。

第一場襲擊的一小時後。

又有近兩百名玩家衝進來，【大楓樹】所有人故意放棄所有寶珠，帶走自己的衝到裡面去，安全達成零死亡的目的。

「被這個公會搶走算剛好吧，人滿多的。」

「是啊……現在才開始。」

所有人都在後頭用來休息的房間——這裡塞了一個使用【暴虐】的梅普露後，幾乎就沒空間了，眾人豎耳聆聽入侵者是否接近。

如果來了，他們要做的只是叫醒梅普露而已。不過入侵者不想惹多餘麻煩，沒做什麼就回去了。

奪走【大楓樹】的寶珠，就等於暴露位置給【大楓樹】知道。

以一顆寶珠來說，這樣的代價很不划算。沒有必要刻意對高風險的公會出手。

入侵者撤兵五分鐘後，克羅姆帶頭返回台座的房間放置自軍寶珠。

「現在……就看有多少大公會會打起來了……」

霞走近如此低語的莎莉，展示目前排名。

「從排名來看……中型公會接下來會陸續淘汰，活動進度顯然有加快。」

鑑於毀滅的公會數量，到了第四天顯然會只剩大型公會。

「我們就放棄一次寶珠，讓梅普露多休息一點吧。」

「是啊，應該的。」

霞也回想著接下來的預定行程。

寶珠被奪以後，他們還有下一步行動。莎莉獨自走向出入口。

「我去追蹤剛才那個公會。如果有地方可能要發生大規模戰鬥……到時候……」

莎莉望向奏。

「嗯，就靠我們的技能了。」

「要帶梅普露來喔。」

「嗯，我知道。」

「ＯＫ，那我走囉。」

莎莉說完就離開據點。

要等三小時後或莎莉聯絡時才會叫醒梅普露。

「好啦，應該暫時不會有人來打我們，把握時間休息一下吧。」

「「好的。」」

結衣和麻衣也有重要任務在身。

有必要充分休息，做好萬全準備。

莎莉沒花多少力氣就找到了那個高達兩百人的集團。

集體行動的速度本來就不快，而且行進路線大多會選不會降低人數優勢的地形。

莎莉就是利用這點成功推知他們的去向。

「看來還沒撞上其他公會……」

她遠遠地小心監視該集團，不跟丟也不讓他們發現。

持有多顆寶珠，使他們的位置時時暴露在許多大型公會的地圖裡。

正在想最先來的會是怎樣的公會時，她看見了兩顆火球。

「不會吧……碰巧的？……嗯，我們沒打那裡。」

鋪天蓋地的火焰燒掉了一個個玩家。

一名玩家身纏爆炎，以壓倒性的機動力穿梭於滿天飛的迎擊魔法之間。

「【炎帝之國】啊……了解。公會已經所剩不多，以前十名為目標的公會勢必得挑戰【炎帝之國】……應該吧？只好對不起梅普露了……」

莎莉傳訊給克羅姆，請他和所有人帶自軍寶珠到這裡集合。

蜜伊輕易擊潰一整個大公會，帶著所有寶珠踏上返回據點的路。

【炎帝之國】目前是第五名。

要不是有過梅普露襲來這麼一個慘痛的意外，名次應該會再高一點。梅普露大量白費了馬克斯的陷阱，讓他們的防線變得七零八落。

造成許多玩家死亡而淘汰。

「守住這些寶珠就沒事了吧……」

蜜伊確認周圍安全無虞，接過補給部隊提供的ＭＰ藥水。

接著保護寶珠回到據點，設置完以後放鬆肩膀。

「那麼……雖然運氣好搶到這麼多……」

「這些寶珠的主人多半會過來搶吧，不曉得有什麼公會。」

她身旁的米瑟莉接著說。

雖不知哪個公會何時會來搶，但至少會在寶珠計分前出現。

「是啊……先叫辛恩回來吧。」

「知道了。」

還是全員召回，萬全以待才對。

辛恩及時歸隊，【炎帝之國】靜靜等待，接收搜敵部隊回報的各種狀況。

內容全都是有大型公會襲來。【炎帝之國】據點周圍基本上都是平地，幾乎沒有可供藏身的地方。

大多公會知道單憑自己無法打倒強大的【炎帝之國】，會打算聯合其他公會，最後再設法獨占甜頭。於是有許多公會暫時停戰，準備圍攻。

「要來了！全員備戰！」

「嗯……加油……！」

「別怕別怕，蜜伊會有辦法的啦。」

「恢復的事包在我身上。」

四名主將準備一搏時，蜜伊收到一條新訊息。

疑似梅普露的怪物接近中，危險。

就寫這麼多。

蜜伊臉色頓時一沉。

「不會吧……不要鬧了啦……哪有這樣的……」

蜜伊不小心露出本性，引來其他三人的注意。

她跟著說出訊息內容。

「好痛苦。」

「我……都打輸霞了耶……都打輸霞了耶！」

「這樣啊……好喔……」

馬克斯都直接在地上躺平了。

陷阱對梅普露起不了作用，簡直是他的惡夢。

「好痛苦。」

這當中，各大型公會的腳步也近了。

◆□◆□◆□◆□◆

大型公會接連現身包圍【炎帝之國】，總數甚至超過千人。

「……反正都會滅團，多帶一個上路是一個！」

蜜伊以必死決心發動【炎帝】。

「……打就打嘛，打就打。」

馬克斯也有氣無力地站起來，拍拍臉頰找回幹勁。

「好……我們上！【焰火飛馳】！」

爆炸聲與爆炎成了開戰信號，魔法從四面八方同時射向【炎帝之國】部隊。

這是幾個大公會的聯合圍攻，一波覆滅的可能並不是零。

「【聖女的祈禱】！」

米瑟莉的魔法使天空照下光芒。

這個技能是以所有ＭＰ及三分鐘以內無法恢復ＭＰ為代價，對超廣範圍內所有目標提供暫時的高速自動恢復力。

每個人的損傷都節節恢復，只要不命中要害，恐怕是很難倒下。

這樣的大招有很長的冷卻時間，就算ＭＰ補滿了也當然無法連放。

但她還是非用不可。

「拜託你們了！」

剛開戰就退居戰力之外的米瑟莉，只能將希望託付在可靠的夥伴上。

「好！」

辛恩和馬克斯往蜜伊的相反方向移動。即使明知分散戰力會增加風險，他們還是不得不這樣做。

「【爆炎】！」

蜜伊豪邁炸散襲來的魔法，以不似魔法師的動作殺向敵方集團。

把火球砸在敵人臉上，從地面噴出火柱蹂躪他們。

不過她的ＭＰ也飛速損耗。手上藥水所剩無幾，全部喝完也清不掉所有人吧。

「就算這樣……！」

多打倒一個，都會讓他們往後更有利。

在這個恐怕無路可逃的現況下，她也只能戰到最後一刻。

而且她最害怕的東西，還在如此困境當中現身了。

大型公會軍團後方的開闊平地上，有個巨怪直奔而來。

若不是忙著應戰，她已經扶額望天了吧。

「這下……沒救了……」

但事情沒有蜜伊想得那麼絕望。

怪物一接觸大型公會軍團就開始又撕又咬地大肆攻擊。

唐突出現的怪物周圍颳起一陣死亡風暴，簡直堪稱天災。

「還有得打嗎……！」

蜜伊再次振奮，攻向大型公會軍團。

梅普露這邊的目的是摧毀包圍【炎帝之國】的大型公會軍團。

並且盡可能保住【炎帝之國】強力玩家的性命。

也就是讓蜜伊、馬克斯、米瑟莉和辛恩四人活下去。

因為他們四個都能對大型公會造成重大損傷。

蜜伊全然不去妨礙替他們攻擊大型公會軍團的梅普露。

梅普露也不去干涉蜜伊。

雙方產生了實質的互惠關係。

「再衝再衝！」

「嗯！」

背上的人不停丟炸彈製造傷害，梅普露輒殺玩家，在大型公會軍團中間開出一條路。

「梅普露！那邊危險！」

「ＯＫ～！」

黑暗中有黑暗中的詭異，但梅普露在亮處也是一樣地可怕。

存在感足以吸引整個大型公會軍團的注意。

於是他們不約而同地順應本能往她殺過去。

因為那是非得先放下【炎帝之國】來打倒的威脅。

「喔……好多人殺過來囉！」

「是啊……！梅普露！守好喔！」

莎莉急切的叫喊傳進梅普露耳裡。

梅普露發動【獻身慈愛】的同時，有道光芒連她一起籠罩了周圍的大型公會軍團。

「【暴虐】被打掉了！嗯嗯……先不要過來喔！」

玩家們眼見【暴虐】效果結束，認為是好機會而砍過去。結果梅普露直接用塔盾推擠，以【暴食】反擊，讓玩家們重新體會到她即使沒有【暴虐】也是十分凶猛。用塔盾吞掉好幾個人之後，梅普露急忙查看莎莉他們是否安好。

「大家都沒事！……可是……」

莎莉前不久在樹蔭下發現培因的身影。即使披著斗蓬，他拔出的燁白長劍也沒有錯認的可能。

他是聽聞有大型公會聯合侵攻，想一口氣削減戰力而來的。即使不至於正面再戰，也依然目光銳利地注視她。

先前的光芒，正是看準了梅普露吸引注意，大多玩家開始緊張的那一刻使出的攻擊。

「梅普露！來了！準備……」

「嗯！【暴虐】！」

昨天份的【暴虐】沒了，還有今天的份。

絕望再臨。而且——

「「【幻影世界（Phantom World）】！」」

奏和莎莉喊出魔法名稱。

它將製造三個能力值與目標相同，能自主行動三分鐘的分身。

且都流入了梅普露體內。

化為怪物的梅普露就這麼變成七隻了。

除培因外，多拉古、芙蕾德麗卡和絕德也都來到很接近她的位置。

想把握梅普露復原的機會而上前攻擊。

「怎麼又比上次還誇張啦！【裂地斧】！」

吃過虧的多拉古放棄進攻，劈裂地面。

不管哪個梅普露接近了都很危險，非得拖延她們不可。

聖劍光輝耀天，地烈火噴，怪物狂飆。

植物藤蔓四佈，魔法漫天飛竄。劍光亂舞，幻影迷惑人心。

破壞反覆不止，玩家消失時所散發的最後光芒，短暫卻美麗地點亮戰場。

「可惡！往哪裡走都是死路一條！」

「災害啊……不要再來了……」

「不要發呆！兩隻過來了！」

無論是激勵他人的人還是絕望而死心的人，都一個樣地被梅普露的分身撞上空中。

◆□◆□◆□◆□◆

突然出現的活地獄，使玩家從凡庸的開始死絕。

他們一個個倒下，等梅普露的分身因三分鐘過去而消失時，已經有半數以上玩家化成光而消逝。

不過他們也不是傻瓜，都記得對【暴虐】狀態的梅普露使用穿透技能。小傷害積少成多，終於將梅普露打回原形。

向天高聳的怪物消失，梅普露往玩家集團中落下。

玩家們紛紛準備發招，不讓她能在著地後繼續行動。

「【全武裝啟動】！」

梅普露在空中朝地面開啟無數槍口砲口。

漆黑兵器喀嚓喀嚓地布展開來。

「【流滲的混沌】！【毒龍】！」

令人望而生畏的蛇怪張口衝向地面，消滅想從正下方攻擊梅普露的玩家。

【毒龍】接著使地面化為毒海，利於梅普露行動。

【抗毒】不夠高的玩家也都當場倒下。

包覆梅普露的怪物形體確實是消失了。

然而梅普露本身說是化為人形的怪物也不為過。

不，還要更可怕。

即使外表親和得多，招式卻遠比怪物多樣，且更難擊中。

儼然是比那種型態更為棘手，有張天使臉孔的惡魔。

敵對玩家都不由得有這種印象。

著地的瞬間，梅普露全身兵器將團團包圍她的玩家們射成蜂窩，炸成灰燼。

玩家需要【毒免疫】才能接近位在劇毒之海中央的梅普露，從遠處使出的穿透攻擊又會被塔盾擋下。

最後包圍梅普露的玩家完全放棄，解除陣形紛紛散去。

而梅普露當然不會放他們平安離開，高速盤旋到處轟炸。

【聖劍集結】的部隊突襲失敗以後立刻用【裂地斧】拖延周圍追兵，沒有遭到反擊。

目前是努力削減難得大量聚集的競爭對手，伺機奪取【炎帝之國】的寶珠。

培因和絕德都是十二分地足以單打獨鬥的玩家，多拉古和芙蕾德麗卡是結伴行動。

邊打邊遠離【大楓樹】，一來是因為這樣削減大型公會的競爭對手比較有效率，二來是因為【大楓樹】非常危險。

「要在目標移動之前先撤退嗎……」

培因喃喃地應付眼前玩家。

對他或梅普露這樣超過某個基準的人來說，與低階玩家戰鬥形同割草。

培因在腦中想像對戰梅普露的情境。

若雙方都是萬全狀態，結論是不管怎麼應對都打不倒她。

「要重新鍛鍊啦……」

培因想在又有明確勝算的那一天重新挑戰梅普露。

「先多找幾個新技能再說。」

他看著梅普露在遠處肆虐，同時又斬倒一名眼前的玩家，並在自身損傷尚未擴大時撤退。

公認的危險公會有三個聚到了這裡。

殲滅力非同小可。

而且三者都刻意避免干涉彼此，使情況加倍惡劣。

大型公會軍團落荒而逃以後，只有【炎帝之國】的四人和【大楓樹】成員留在原處。

【大楓樹】這邊，只有克羅姆需要用【衝鋒掩護】和【掩護】保護結衣和麻衣等後方戰力而渾身是傷，霞不太需要補血，莎莉也沒問題。

梅普露當然沒事。

「沒這些技能就完蛋了吧……」

克羅姆也不敢相信自己能存活下來。

他的ＨＰ有好幾次都要耗盡，但是【靈魂吞噬者】、【吸魂】和【戰地自癒】的駭人恢復速度撐住了他。

相對地，【炎帝之國】就真的是滿目瘡痍，絕招幾乎用盡，大多數成員也已遭淘汰。

無力和【大楓樹】直接開打。

蜜伊也這麼認為，於是斷然放棄正好位在梅普露與他們之間的自軍寶珠，全身纏起火焰。

緊接著是一場大爆炸。

沒錯，蜜伊用盡所有ＭＰ，模仿梅普露的自爆飛行，帶米瑟莉、辛恩和馬克斯緊急逃離現場。

她沒有梅普露的防禦能力，請米瑟莉幫她補血，結果還真的成功了。

這是【炎帝之國】成員的總體共識。

將守住前十名的任務託付給公會裡最強的四人。

於是梅普露等人又成功獲得了寶珠。

第八章　防禦特化與舒適圈

由於梅普露今天不能再開【暴虐】，只好整個公會搭糖漿回據點。

設置好所有寶珠後，每個人都去休息。

一小時很快就過去了。

一般而言，這段時間有公會來襲也不奇怪。但由於活動步調加快，大多數人的死亡次數達到危險數字，沒有人想要送死。

即使擁有大量寶珠也能在遊戲裡享受最安寧的時光，也只有【大楓樹】的據點了。

「莎莉，妳在看什麼？」

梅普露見到莎莉在空中叫出藍色面板而湊過去。

「嗯～？喔，那個……事情好像變得很刺激。」

「很刺激？」

梅普露探頭往莎莉叫出的面板看，上頭顯示的是排行榜。

榜上與先前的不同之處，在於已經有大型公會滅絕。

「啊，又一個……是因為【聖劍集結】或【炎帝之國】在開殺吧。嗯，應該是。」

「是嗎？」

「要我猜的話是【炎帝之國】啦。他們先前差點滅團，大概撐不到兩天，所以……就先滅掉一些競爭對手，然後聽天由命。」

莎莉不會知道事實究竟如何，不過她的確猜中了。【炎帝之國】是打算藉由清除周圍勢力，使其他公會的分數難以繼續增加，好讓自己不會被擠出十名之外。

但為了維持名次，襲擊大型公會對已經岌岌可危的【炎帝之國】而言也是很辛苦的事。

無法持續太久吧。

「好厲害的殲滅力……比梅普露全力開殺還猛耶。」

「我一定要夠準才輾得死……不過大家爬不起來，也就不會挨打啦！」

被【暴虐】狀態的梅普露撞飛的玩家大多沒死，死的都是正好飛到前進方向上而遭追輾的倒楣鬼。

不過撞上空中，也會撞掉他們的冷靜。

玩家們見到同伴一個個飛上天，容易失去冷靜而陷入混亂。但即使有那麼巨大的軀體，要殲滅那些人也需要很多時間。

而且梅普露的初見殺能力也只是在這次活動中奏效而已，同樣的事在一個月以後就沒那麼容易了。

相較於梅普露，蜜伊的手段就簡單多了，就只是躲避攻擊，用她的超強火力砸人。

就火力來說，蜜伊堪稱是遠勝於梅普露的衝撞。

現在她還學會了梅普露的自爆飛行，只要多耗點資源，也可能在短時間內毀滅大型公會。

有她幫忙消滅大型公會，對【大楓樹】而言也是好事。

「都沒人想把寶珠搶回去耶……如果真的守住了，可以篤定留在前十名了吧。」

「那還有必要出去打嗎？」

「沒有了吧。」

聽莎莉這麼說，梅普露笑呵呵地坐下。

「先前都沒有這麼拚過……真的好累喔。」

「再來就準備好【水晶牆】跟槍砲來以防萬一吧。」

「嗯，知道了。」

梅普露回答之後，莎莉也就地坐下，和她一起看公會排名怎麼變化。

遊戲世界外，官方人員正盯著公會的剩餘數字。

「這樣……應該要結束了吧。」

「對啊……」

顯示剩餘公會的數字，就只有6。

而這些公會全都確定進入了前十名。

也就是前十名的公會名單不會再有變化。

預定五天的這場活動，實際上在第四天早晨就劃下句點。前不久還在持續減少的公會總數，現在已經完全不動了。

「這些人的殺意也免太高了吧！喂！」

「要開始剪接這次活動的精華集錦囉，再來大概不會有什麼看頭了。」

男子向周圍人員下達指示，眾人開始從龐大的錄影檔中挑選值得一看的段落。

「怎麼光梅普露就占了五成啊……」

「你是要我們找沒有梅普露的精華畫面嗎？這已經砍了很多耶。」

一人轉頭對發牢騷的男子這麼說，男子扶著額，身體往椅背倒。

「這次活動不如預期，主要是因為有【大楓樹】在亂的關係吧。」

「【炎帝之國】都只有第十名，而且還全滅了呢。我也有預測過名次啦……可是差得有夠多。」

【炎帝之國】的確是接連消滅了許多對手，可惜狀況實在太勉強，終究逃不過全滅的下場。

不過總歸是守住了第十名。

「如果猜得到梅普露會做什麼就好了……」

這也是許多玩家的心聲。

有對策可擬的人，處理起來就容易得多。

「想那種不可能的事也沒用……不如去檢討下次的天數……還有規則，尤其是公會大小怎麼分那些。」

「是啊，想不到戰況會激烈到剩下整整兩天就結束了。」

當他們思考下次活動如何調整時，一個男子有了點子似的以整個房間都能聽見的音量說：

「那我們來猜猜看好了！猜梅普露正在做什麼！怎麼樣？猜中的我請一頓飯！」

在場所有人都跟了這項提議。

只賺不賠當然沒理由拒絕。

「看前不久的錄影就行了吧。雖然都是在寶珠周圍拍的……」

男子隨意挑一段【大楓樹】第四天大房間的錄影，準備播放。

「那可以猜她不在據點嗎？」

「可以吧？這樣比較難找……不過我想她八成還在據點裡啦……」

「那開始猜囉！想到的人舉手！」

說要請客的男子喊開始以後，馬上就有幾個人舉手。

他們隨男子點名一個個說出猜想。

「整個公會一起玩桌遊。」

「用【機械神】練飛。」

「雙胞胎拿她當球玩雜耍。」

「啃【鍛造】出來的武器看有沒有技能。」

「怎麼都這麼普通啊？」

「是沒錯啦……」

被批評太普通，所有人重新思考梅普露現在會做什麼。

且想法愈來愈混沌。

「把烏龜巨大化，爬進牠嘴裡。」

「跟莎莉不知道在打什麼。」

「那我猜啃烏龜。」

所有人一個接一個地猜。

等到大致說完，房間靜下來以後，提議者宣布結束。

「那……我要放囉。」

「好。」

緊接著，大螢幕映出了【大楓樹】據點的景象。

這位梅普露全身裹著一大團羊毛，讓結衣和麻衣抬著在據點裡繞圈圈，羊毛裡還不斷有武器伸出來。

看到這裡，影片就默默地關掉了。

「那也放進去吧？」

「……好。」

在精華集錦加入這一段之後，官方人員各自回去處理這個自己所無法理解的情景。

尾聲　防禦特化與聯繫

官方料得沒錯，活動的確是結束了。

自第四天起，活動裡沒有任何戰鬥，一片清平。

排行榜也沒有變動，梅普露等人在第五天結束以後都傳送到了一般地區。

傳送後幾秒，所有玩家面前都跳出藍色面板，顯示這次活動的最後排名。

「這次也是第三名耶！」

「對喔，妳第一次活動也是第三名嘛。」

由於前十名獎勵都一樣，他們沒有刻意往上衝，可是一口氣取得大量大型公會的寶珠分數那一次真的很補。

接著，面板顯示出最高等的獎勵。

所有公會成員都獲得五枚銀幣和一面木牌，會長梅普露額外獲贈可以常駐提升所有屬性5％的公會道具。

梅普露將獎品全收進自己的道具欄，拿出木牌查看。

「『通行許可證・伍』……嗯嗯嗯。」

這段字底下還小小地刻著梅普露的名字。只限本人使用的意思。

「好像在下一階地區會有用的樣子耶，不過是以後的事了。」

也在看木牌的莎莉將它收起。

「無論如何……這次辛苦啦，梅普露。」

「辛苦啦，莎莉！」

互讚彼此戰績後，【大楓樹】所有人都回到【公會基地】去了。

梅普露想為平安打進前十名開場慶功宴，獲得所有人贊成，便決定幾天後在【公會基地】舉行。

伊茲的【烹飪】已經練到最高級，做出來的菜都是極品。

可是到了那天，整個公會獨缺梅普露一個。

「她說要買東西就跑出去了……我是不是應該跟著她啊……」

「就是啊……她一個人就會到處亂晃。」

就在莎莉結束對話要去找梅普露時，梅普露推開基地的門回來了。

且像平常一樣，帶來了意外。

「我回來啦～！」

「嗯，回來啦，梅普露。呃，妳後面幾個是怎樣？」

莎莉視線另一端是【聖劍集結】的四人和【炎帝之國】的四人。

問他們怎麼在這，梅普露爽朗地回答：

「我在外面遇到他們，聊著聊著就互加好友，我就乾脆把他們帶來吃飯啦。不是有人說，那個，高手之間會有聯繫之類的嗎？我現在也算是高手喔！」

「喔，嗯……」

梅普露展現的好友名單除了【大楓樹】成員外，【聖劍集結】和【炎帝之國】的各四名玩家也名列其中。

莎莉知道其他人是怎麼看梅普露，那八人在她看來不像是朋友。

連魔王都會青著臉開溜吧。

伊茲為臨時出現的客人多加了好幾盤菜。

【大楓樹】只有八個人，不管來了誰都有足夠空間坐。

大家愉快用餐時，接到了一條官方訊息。

內容是一段影片。

「我拿到公會螢幕上放吧，大家應該都一樣。」

梅普露起身操控大廳裡隨附的螢幕，播放影片。

出現的是這次活動的精華片段。而且主角幾乎是這裡的人。

培因上鏡，不久換成蜜伊，然後是莎莉。

「啊……這是我……圍捕失敗那一晚！」

芙蕾德麗卡大叫。

「如果我還有體力，應該連芙蕾德麗卡也掛掉了吧。」

聽莎莉這麼說，芙蕾德麗卡嘟起嘴。

「才沒有妳想得那麼簡單咧～」

「那等會兒要不要試試看？」

「好哇～！這次一定會打中妳！絕對會！」

這時，畫面帶到梅普露。

「還是人形呢。」

「會變成七隻喔，我記得很清楚。」

絕德和多拉古都變成死魚眼。

看著螢幕的男性除克羅姆外全都曾死在梅普露手裡，怎麼都不是快樂的回憶吧。奏毫不突兀地混在女人堆裡，風涼地看影片。

「光想就好痛苦。」

馬克斯恐怕需要一段時間來克服心理障礙。

影片最後播放克羅姆用【衝鋒掩護】不規則移動和超常恢復力，來保護結衣和麻衣、伊茲和奏四人時，許多「還以為你比較正常」的視線往他射去。

「下次我一定要贏，我可不想永遠輸給妳。而且這次我看過妳的技能了。」

「你真的以為自己贏得過一不注意就會變毛球變怪物的梅普露嗎？」

克羅姆頗為認真地問培因。

「這個嘛，是需要先習慣應付意外沒錯。她在眼前變成怪物的時候，我的動作遲鈍了很多。」

培因姑且先從已知技能開始思考對策。這次是梅普露獲勝，下次就不一定了。培因肯定擁有足以打倒梅普露的能力。

780名稱：無名塔盾手

嗨。

７８１名稱：無名長槍手

喔，我看到影片囉。

７８２名稱：無名弓箭手

之前都還是會走路的要塞或妖怪防禦，結果現在變成會跑的要塞跟整個就是妖怪，

到底要怎麼辦才好咧？

７８３名稱：無名巨劍手

前不久都還是人類呢。

裡面先不管。

７８４名稱：無名塔盾手

稍不注意就會不斷成長呢。

７８５名稱：無名魔法師

要怎麼長才會長出武器和變身啊？

請上人開示。

786名稱：無名塔盾手
真的就是迅雷不及掩耳啊。
才短短一天沒盯，她就馬上蛻皮了。

787名稱：無名長槍手
皮？蛻皮？呵呵呵。

788名稱：無名巨劍手
不只是蛻皮成長，那根本是突變等級了吧。

789名稱：無名弓箭手
結果大楓樹成員都不是正常人耶。
看過克羅姆的影片之後我很確定。

790名稱：無名塔盾手
有嗎？

791名稱：無名弓箭手

就是有。

你也只是披著人皮而已。

792名稱：無名巨劍手

就只是梅普露太誇張，讓你看起來相對普通而已。

可是算上這一點，莎莉跟雙胞胎還是算鬼扯那邊。

793名稱：無名魔法師

我就是被大楓樹肇逃的苦主。

你們不會懂在黑暗中突然飛上天的感覺吧。

794名稱：無名弓箭手

坦克吃幾發鐵球就掛了，

這明顯是梅普露的血統吧，

走得有夠慢。

795名稱：無名長槍手

就是說啊。

不過跟梅普露比起來正常多了。

796名稱：無名塔盾手

畢竟是梅普露的得意門生嘛。

一天就練起來了。

797名稱：無名巨劍手

啥？

「特性：梅普露」是會傳染的嗎？

798名稱：無名魔法師

會喔？

克羅姆就是被傳染到的吧。

７９９名稱：無名長槍手
影片上明顯是被傳染啦。
話說是不是只有霞的裝備沒什麼變啊？
後方也都很有事。

８００名稱：無名巨劍手
可是一對一都還有機會吧？
不行的都是妖怪。

８０１名稱：無名塔盾手
說認真的，有人單挑打得贏莎莉嗎？
我在公會基地的訓練場試過，根本沒機會。

８０２名稱：無名弓箭手
是很會躲的那個嗎？
從影片來看，好像再拚一點就打得到了耶。

803名稱：無名塔盾手
現在應該有很多她的傳說吧，還真的就跟傳說一樣。
怎麼打就是打不到。

804名稱：無名巨劍手
大楓樹的傳說都算事蹟了吧？
到處都在講，而且這次活動的影片有夠嚇人的。

805名稱：無名長槍手
還有人用神魔大戰或世界末日之類很誇張的話來形容第三天咧。

806名稱：無名塔盾手
因為她分裂了嘛。
不過看那個狀況，只靠梅普露自己恐怕也頂不住。

807名稱：無名弓箭手
不過是從絕無希望變成希望渺茫，沒什麼差喔。

８０８名稱：無名魔法師

培因打傷梅普露那時候，我才重新確定梅普露身上還有ＨＰ的概念。

８０９名稱：無名長槍手

話說梅普露那個……

為什麼還有鎖血技能？

以前有人砍掉她的血嗎？

８１０名稱：無名塔盾手

有啊，

不過大概不是人吧。

以現在的ＶＩＴ來說，恐怕已經砍不掉了。

８１１名稱：無名弓箭手

又升啦？

已經到不需要再加下去的地步了吧？

８１２名稱：無名塔盾手
好像快破萬了。
先前聽她這麼說的時候，
我真的都快昏倒了。

８１３名稱：無名巨劍手
快要我ＳＴＲ的一〇〇倍耶。
一〇〇倍。

８１４名稱：無名魔法師
這樣的話也不會想去點其他屬性了吧。

８１５名稱：無名弓箭手
開心最重要。
不過如果她開始點其他屬性，反而會更難打吧。
光是跑速快起來就是超強化了。

８１６名稱：無名塔盾手

實在搞不懂梅普露到底有沒有在考慮效率。

８１７名稱：無名魔法師

我推沒有認真在想才會變強的說法。

８１８名稱：無名長槍手

正常人不會把自己變成毛球神轎吧。

８１９名稱：無名弓箭手

那是第四天以後唯一的片段呢。

８２０名稱：無名巨劍手

畫面從炎帝的戰鬥切到那裡的時候，我大腦整個當機了。

增寫番外篇　防禦特化與活動後日

第四次活動結束後幾天，到處都還在聊活動過程的第三階城市中，梅普露在【公會基地】裡休息。

「快要開放第四階了耶……到時候全部帶去打魔王！」

看到官方公告以後，梅普露不禁想像第四階會有怎樣的風貌。

「嗯……啊！對了！」

她忽然想起些什麼，跳下沙發。

「在前進第四階以前先試試看那個好了，雖然很貴……」

梅普露離開基地往鎮上走，停在某間店前面。那是專賣飛行器的店。

「沒有也沒關係啦……可是既然有這種東西，還是玩玩看好了！比不上我自己的機器就是了！比不上喔！」

她說給【第一代】似的反覆強調【機械神】比較好，並重新打量店家陳列的飛行器。

「嗯……四人用的跟車型的這種果然有夠貴，個人用的就行了吧……可是不知道哪種好用，嗯……」

梅普露為怎麼挑而苦惱時，背後有人跟她說話。

「梅普露！」

「妳好哇。」

「啊，麻衣跟結衣啊……對了，妳們來得剛好！妳們是用哪種飛行器啊？」

結衣和麻衣從道具欄取出飛行器。兩人用的是同款的靴型飛行器，比一般鞋子大上一圈。

「那個……我們都是用這個飛的。感覺輕飄飄的喔。」

麻衣操作鎖釦穿上飛行器，稍微浮起來給梅普露看。

「喔～！好棒喔！可是……好像很難耶。」

「對啊……結衣喜歡所以買這個……結果一直摔到地上。」

「真的，對不起喔，姊姊……沒想到會那麼難。」

不過她們說，其實還是有優點。

那就是雙手可以自由活動，在空中遭怪物襲擊時容易應付。

「這樣啊……嗯，怎麼辦咧。既然妳們都買了，我也一起好了。那個，妳們現在有空嗎？想請妳們教我一下。」

「沒問題！」

「好，我也來。」

於是打鐵趁熱，梅普露馬上買下靴型飛行器，接著走向原野。

「在城裡掉下來比較危險……我們到沒人的地方去吧？」

「那就到城鎮東邊去好了。」

「對了……梅普露，我們可以路上打點怪賺經驗嗎？有妳在就可以安心打了……」

「嗯，可以呀！防禦交給我就對了！」

梅普露深深點頭答應，當作飛行指導的回禮。

然後很難得地用兩隻腳走向野外。

到了野外，立刻用【獻身慈愛】保護結衣和麻衣。

採取互補弱點，在第四次活動充分發揮其強項的陣形。

「那我們走吧！」

「「好！」」

三人就此往第三階地區東側前進。第三階主要是飛行起來會比較方便的地形，與空中相比，地上的怪物又多又強。

但這種事對她們三個一點影響都沒有。

「「【雙重衝擊】！」」

接近結衣和麻衣就等於是往地獄裡跳。猛襲而來的怪物攻不破梅普露的防禦，死了又死。

「妳們打怪技術都變好了耶。」

「是嗎……？」

「嗯，好像吧？我自己覺得啦！」

「可能是在活動裡抓到一點訣竅了吧！」

結衣對梅普露開心地這麼說，更使勁地揮出巨鎚。

「嗯～那我也要加油了。要把盾練得更好一點！嘿……嘿！」

梅普露霍霍舞盾，做出抵擋攻擊的樣子。見到這樣的舉動，結衣和麻衣也握緊巨鎚表示鬥志。即使方式不同，梅普露的防禦力仍堆到了天一般高的境界，這也是她們兩人的目標。

「真希望我們能變得更厲害……啊！姊姊，來了！」

「嗯，沒問題！」

麻衣揮球棒似的橫掃巨鎚，怪物毫無抵抗地飛出去。

「只要揮一下就穩死的樣子耶！」

「對呀。跟莎莉練習以後，我們的命中率高很多了！」

「不過莎莉還是能全部閃掉……」

「嗯……我是沒試過啦。可是莎莉那個樣子看久了……我也不覺得自己打得到

她。」

梅普露回想至今與莎莉並肩作戰的情境，還是覺得再怎麼努力也打不中她。

三人就這麼一路打飛無數怪物，終於抵達目的地。那是一片寬廣的草原，比腳踝略高的草枝隨風搖擺。

「這附近怪物很少……之前我們是和克羅姆大哥一起來的……呃，那我們來練習吧！」

結衣和麻衣又穿上飛行器，梅普露跟著照做。

「喔～感覺跟用【機械神】差不多嘛……」

梅普露看著大上一圈的腳掌說出感想。

「靴型飛行器在控制的時候，感覺就像對腳底用力一樣。太用力的話會噴出去喔……」

麻衣如此說明並緩緩飄起，接著長了翅膀般在空中任意飛舞。

「呃，腳底用力……哇！」

梅普露往腳底一用力，身體就猛然加速抬升，腳翻上來一頭砸在地上。

然後鏗鏘一聲倒地。

「嚇、嚇死我了……」

「梅普露，要輕輕的！輕輕的！」

結衣也飄起來，不過與麻衣相比很不穩定，最後當著梅普露的面摔跤似的墜地。人在【獻身慈愛】範圍裡，沒有摔傷，但顯然是需要更多練習。

「結衣，怎麼突然遜掉了啊？」

「我、我知道啦！呼……冷靜一點冷靜一點……」

結衣輕輕飄起，穩穩地停在空中。

「呼……成功了！」

結衣可能是想表現梅普露看，反而弄巧成拙，這次小心上升，總算是成功維持穩定。

「好厲害喔……嗯，用【機械神】飛比這個簡單多了……」

「可是我就不知道那是怎麼飛的了。」

麻衣也點頭同意結衣的話。

「我那是一口氣『碰！』地飛起來，然後再換方向而已……不曉得這個能不能那樣？」

梅普露對腳底使更大的力，結果重心向前一倒，整個頭插在地上。

然後碰一聲倒下來。

「妳、妳還好吧！」

「好、好像很痛耶……雖然應該不會痛……」

「唔唔唔……」

梅普露擦去臉上塵土，撐地慢慢站起。

「大家都飛得很輕鬆的樣子，好厲害喔。」

「要不要換別台呀？背包型的也有簡單的喔。」

「唔唔……換機就輸了，我練一練再考慮。」

於是梅普露又開始練習。

她不是學得慢的人，摔著摔著也逐漸有所改善。不時經過的怪物有結衣和麻衣幫忙清，練習很順利。

大約練了一小時，梅普露已經能輕盈地飄上空中。

「喔、喔～！成功了！」

雖然伸開雙手保持平衡的樣子有點拙，但總歸是第一次成功滯空。

「好，再來慢慢走……」

梅普露滑動腳步，小心前進。

人是有前進沒錯，然而「這不是我要的」的感覺在她心中盤旋。

「我想要……像這樣飛！」

梅普露往腳底用力，身體隨之加速，而技術進步了的她來得及將另一隻腳往前挪，在空中跑步般前進。

「啊！咦！這、這要怎麼停下來啊～！」

腳停住就會掉下去，讓她不斷往前踏，一路飛進遠處的森林。

「梅普露！」

「快、快跟上啊，結衣！」

兩人動身沒多久就見到梅普露摔進森林，便飛到森林上空找人，最後發現有個黑漆漆的東西從頭插在綠葉濃密的樹上。

「梅普露……妳、妳還好嗎？」

「我沒事……唔唔，果然只能慢慢練習。」

梅普露在結衣和麻衣拔人時嘟噥著說。

接著她輕輕飄起，叫出糖漿送上天空巨大化。

「嘿咻！嗯，還是這樣比較舒服。」

梅普露降落在糖漿背上，脫下機械靴摸摸糖漿的殼。

跟結衣和麻衣學過訣竅的她告訴自己以後多得是時間練習，點點頭說：

「繼續來幫妳們升級吧？我還需要一段時間才能飛得好的樣子。」

兩人同意後，梅普露搭糖漿跟她們飛向森林，在那裡用【機械神】大肆射擊，彷彿在說這才是真正的機械。

◆□◆□◆□◆□◆

梅普露剛開始練飛時，莎莉正在第三階地區的地面練等級。

「呼……！嘿咻。呼……打了好多怪喔。」

莎莉撿拾掉在地上的材料，並盯著裝在她腳上的機械。

「試了那麼多種，還是這台最好。」

道具欄裡還有好幾台機器，而機動力最高的靴型飛行器最適合她。如此可以輕飄飄地向上閃避撲來的怪物，再加速立刻補刀。

莎莉已經練到隨心所欲，彷彿是自己身體的一部分。

「如果活動裡也能用就好了……嗯，以後機動力好像會不夠。」

能在空中自由活動以後，莎莉將空中動作也編進了戰鬥裡，比起只能在地上奔竄強上很多。

「能夠再加強就好了，不知道有沒有這種技能？」

莎莉回想技能蒐集站上的資訊，不過她也知道目前還沒有人找到。再說，如果網站上有那種技能，她早就拿了。

「等下次活動集到銀幣再看看有沒有得換好了，銀幣技能表說不定會換。」

繼續殺怪後不久，莎莉見到四個眼熟的身影從遠處接近。是霞、克羅姆跟【聖劍集結】的多拉古和芙蕾德麗卡。

「呃……她又有奇怪的動作了～」

芙蕾德麗卡想起第四次活動和先前提出決鬥的事而皺眉。

「……你們這組合真難得。」

「還好啦，因為梅普露、麻衣跟結衣她們三個都不在，剛好這兩個有空，就約約看了。」

「她們又跑去特訓了吧？我是來視察敵情的啦。」

「你會不會太誠實？」

多拉古對莎莉露出不遜的笑。芙蕾德麗卡躲在多拉古背後，盯著莎莉看。

「我有空再來跟妳決鬥喔～那天只是開玩笑的，在活動裡也打過很多了～」

「那好吧。」莎莉和噘著嘴念念有詞的芙蕾德麗卡另約決鬥後，對霞問：

「你們四個要去練等嗎？」

「對啊，該練等了。怎麼樣，要不要一起來？我們要去怪很多的地方，人手愈多愈好。」

莎莉沒有其他行程，很乾脆地答應了。

就這樣，新增了莎莉的五人組來到第三階地區的邊緣，怪物遠比城鎮周圍強上數倍

的地帶。

「那我開始囉。【嘲諷】！」

克羅姆使用技能，在附近遊蕩，看起來很硬的鋼鐵魔像全猛衝而來。

「【增強威力】……ＢＵＦＦ這樣就夠了吧。」

芙蕾德麗卡對所有人上完提升【ＳＴＲ】的法術以後，霞就衝了出去。

「【第一式・陽炎】！」

霞忽然消失的下一刻，刀已經斬在魔像身上。

「好，我也來！」

多拉古全然不管防禦般跳過去，用他巨大的斧頭擊飛周圍魔像，砸在地上。

「討厭啦，不要把防禦丟給我好不好～【多重屏障】。」

「【衝鋒掩護】【掩護】！」

芙蕾德麗卡掩護多拉古，克羅姆掩護霞，並一一擊倒湧上的魔像。兩人認為莎莉不會被這種程度的怪物擊中，協防順位擺最低。

「這麼慢的打不中我，別擔心……嗯？上面也來了。」

莎莉見到空中有鳥型機械怪物接近而使用飛行器飛上空中，耍特技般旋身迴避，一隻又一隻地處理。

「不錯喔。嗯，感覺很好！」

【劍舞】的藍光和怪物身上跳出的紅色特效滿天飛舞。

打完空中怪物往下看，多拉古正好劈開了最後一隻魔像的腦袋。

「很好，一點都不吃力呢。」

「因為有我在保護你啦～！」

「喔，抱歉，謝啦。」

「不需要啦～」

在【聖劍集結】的兩人對話時，莎莉降落地面。

「第三階的怪物對我們來說已經不強了呢。」

「在我們公會……就只有麻衣跟結衣的等級不太夠吧。對了，伊茲不算。」

「我們等級應該比較接近最近要開的第四階，先練起來不吃虧。」

為提升等級，五人繼續在原野上尋找怪物。

對怪物來說，遇上這個集團就死定了。這件事，也同時發生在梅普露的所在之處。

假如怪物內建逃跑的選擇，肯定是看到就跑。雙方差距就是這麼大。

莎莉這邊大約練了兩小時後散團，無事可做的她返回城鎮，推開公會基地的門。

「啊，莎莉！妳回來啦！」

正在看藍色面板的梅普露注意到莎莉進門，笑著揮手迎接。

「梅普露，妳在這啊？嗯，我回來啦。」

莎莉坐到梅普露身邊伸個懶腰。

「我剛才都在練等……嗯～哈啊……有點累了。」

「啊，我也是我也是！我跟結衣和麻衣一起打到剛剛喔！」

梅普露開心地聊起前不久的事。

「啊～妳也買靴型的啊。那很棒喔～可以做出很厲害的動作。」

「咦，真的？我練好久才只能飄起來飛一下而已耶，快要摔死了。」

「是需要很多練習沒錯啦。呵呵，不過我一次也沒摔過喔。」

莎莉略顯驕傲地笑。

「唔，真厲害……妳的話好像真的可能呢。」

「我是飛高以後摔下來一定會死，所以特別小心而已啦。」

「可是真的很難耶～」

「啊！對了對了，我今天有跟【聖劍集結】的人一起練喔。這次我仔細看過他們兩個的打法，果然是我們公會沒有的類型。」

莎莉開始說今天的經過。

「是喔是喔，可是麻衣跟結衣的攻擊可不會輸多拉古喔！」

「她們兩個……嗯，畢竟是攻擊力特別突出嘛，好像也只有她們了。」

莎莉從沒聽說過還有哪個玩家類似結衣和麻衣。

況且如果存在，肯定已經成為話題。

「下次活動一定會更受矚目，別人的對策也會更多，我們也要多努力一點。」

「嗯，加油！不曉得下一次會是怎樣的活動……希望不需要在野外到處趕路。」

梅普露現在有【暴虐】能用，在野外奔波不是那麼辛苦的事，但一度根植的印象沒那麼容易除去。

「不喜歡在野外趕路是吧。妳只打自己想要的東西也沒關係，公會獎品就交給我來辦吧？」

「真的？可是我還是會盡量打的啦！」

「呵呵，不需要勉強喔。我們不適合需要人手的活動。」

【大楓樹】在結衣和麻衣加入後也只有八個人。儘管每個都有傑出能力，但難免會遭遇雙拳難敵四手的困境。

「多找點人是不是比較好？」

「不用了。在妳看到非要拉進來的人之前，不需要刻意去找。維持自己的步調慢慢玩比較好吧？」

聽莎莉這麼說，梅普露深感同意地用力點頭。

「啊，對了。今天想第四階的事的時候，我突然很想再跟妳一起找個城鎮到處玩一玩耶。」

「嗯，好哇！一直練等會膩，不時需要散散心嘛。」

「對呀對呀！就跟妳說的一樣，一直打怪好累喔。」

梅普露說完瞇眼一笑，莎莉也自然湧現笑容。接著莎莉想了一想，說：

「那我們現在就去第三階城鎮逛一逛吧。現在突然提到飛行器，是因為第四階要開了，想趕快練飛吧？」

「咦？嗯，對呀？」

「所以我是在問妳，要不要把第三階城鎮徹底逛一下，當一個總結。我們一來到第三階就忙著為活動作準備，沒什麼機會逛嘛。」

「喔～！好哇！我要去我要去！」

兩人剛到第三階地區就為活動招收公會成員、幫忙練等，有很多事要忙，沒時間隨意遊覽，現在要把這段時間補回來。

「莎莉，妳不累呀？」

「和妳說話以後就都不累啦。」

「那我們就馬上出去逛吧！」

「ＯＫ，我們走！」

兩人離開沙發，奔出【公會基地】。

「要先從哪裡開始逛？」

「哪裡好呢。第三階大多是處理材料的店，再來是裝備。」

莎莉也只是純粹提議，還沒有決定明確的目標。

「也不用定一些有的沒的，隨便亂走就好了啦！我逛野外的時候也大多是這樣！」

「所以才會帶完全出乎意料的東西回來是吧……嗯，好，就照妳的方法來！」

「好耶！那就從右邊開始逛吧？記得之前稍微走走那次，有發現一間看起來很漂亮的店喔！不記得賣什麼就是了……」

「妳都這麼說了，我也好想看有多漂亮喔……那就先去那裡吧。」

「好，跟我來！」

梅普露說完就牽起莎莉的手，走從幹道分支的路。玩家少，走起來很輕鬆。

走了一會兒，梅普露說的漂亮的店出現了。

她在那間店前面停下來說：

「應該是這裡沒錯，好像是賣首飾的？跟一般飾品不太一樣耶？」

梅普露看著玻璃櫥窗另一邊琳瑯滿目的商品說。

「好像是，比較接近改變外觀的。還可以換髮型，換髮色的樣子。」

莎莉解釋之餘走進店裡，梅普露也慌忙跟上。

「打擾了……啊，真的耶，有好多首飾喔……」

店裡有項鍊、手鐲等珠寶，也有蝴蝶結、頸環等服飾，當然也有莎莉之前說的美髮

道具。

「怎麼樣？梅普露，要不要試穿看看？」

「咦，那我……髮色有技能可以變，來換換看髮型好了！」

「我也來試試看。梅普露，這個妳覺得怎麼樣？」

莎莉給梅普露的是長髮的外觀道具。

再試穿洋裝，梅普露簡直變了一個人。

荷葉邊的長裙搭上白襯衫，站著不動就像是個端莊少女。

「好、好棒喔……這樣別人就認不出我了吧。」

梅普露不敢相信地觸摸自己長達腰際的黑髮，原地轉一圈，洋裝滾邊輕飄飄地搖晃。

「認識的人近看會認出來吧，可是感覺真的完全不一樣了，好新鮮喔。」

「莎莉也穿穿看這個！我沒看過妳穿麻衣跟結衣她們那種的耶。」

「咦！那、那個……我不太適合那種的啦。」

莎莉試圖婉拒，但梅普露雙眼閃亮亮地逼了上來。

「呵呵呵，先試試看再說嘛！」

自己拿東西給梅普露試穿在先，莎莉也不好意思強行拒絕，換她被梅普露塞一堆東西。

「辮子髮型跟……雙馬尾都沒看過……好嗎？」

「唔唔……感、感覺好害羞喔。」

莎莉抓著她試穿的洋裝裙襬別開眼睛。

「會嗎？」

結果兩人都各自買了一套，走出店門。

「唔～怎麼馬上就換回來了。」

「下、下次有機會再穿啦……應該還有機會吧。」

在外觀與平時不同的梅普露死盯之下，莎莉穿著平時服裝逃跑似的開始走。

「啊，等一下啦，莎莉！不准逃～！」

梅普露嚷嚷著追上去，莎莉也不是真的要跑，馬上就追到了。兩人就這麼繼續壓馬路。

這場告別之旅終究隨時間流逝而結束，未知的第四階地區也稍微接近了點。

後記

首先要感謝一路看到這裡的所有讀者。也希望第一次接觸的讀者可以繼續看下去。

大家好，我是夕蜜柑。

多虧有各位的支持，《怕痛的我，把防禦力點滿就對了》來到了第四集。

漫畫版也開始連載，算是一帆風順？總之非常感謝各位的愛護。

第四集經過增寫和修改，讀起來應該有比較順一點。

每次出書，我心裡想的都是怎麼呈現更好的作品給大家。現在的狀況就是被變化得目不暇給的環境搞得團團轉，同時還有很多事情需要趕快去習慣吧。

真的就是所謂的什麼都很有趣，什麼都很新鮮。

驀然回首，《防點滿》都來到第四集了，時間過得真的好快。也許是因為之前講的那樣新鮮又有趣的緣故吧。

這跟回歸初心可能有點不太一樣，不過我還是對給我這個機會的各位讀者有說不完

的感激。

第四集出場角色很多，希望有成功表達他們的魅力。

最後，就讓我用回顧第四集與初心為《怕痛的我，把防禦力點滿就對了》第四集作結。

我會更加精進，提供更好的作品。

希望各位見到我的書，可以拿起來翻兩下。

期盼我們在未來的第五集再會！

夕蜜柑

八男？別鬧了！ 1~13 待續

作者：Y.A　插畫：藤ちょこ

卡琪雅與威爾舉辦婚禮結為夫妻
師傅莉莎卻為沒受邀前來鬧事!?

卡琪雅與威爾在奧伊倫貝爾格騎士領地順利完婚，沒想到卡琪雅的師傅暴風雪莉莎，竟為了沒收到通知氣得火冒三丈前來找碴!?另外，泰蕾絲居然有魔法的才能？而且還莫名其妙地與卡琪雅的師傅莉莎決鬥！為您送上充滿混亂的第十三集！

各 **NT$180~220/HK$55~73**

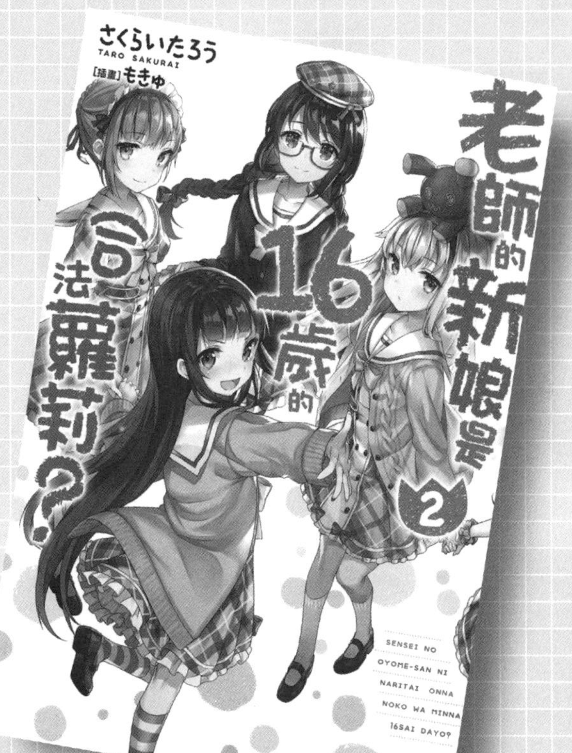

老師的新娘是16歲的合法蘿莉？ 1~2 待續

作者：さくらいたろう　插畫：もきゅ

新考驗！在八個蘿莉中找出兩個合法蘿莉！
胡鬧成分和角色都加倍的第二彈可愛登場！

將來想當小學老師的六浦利孝，其養父德田院大五郎有個經營服飾品牌的親生兒子宗一，為利孝帶來了新的考驗！他讓蘿莉未婚妻人選增加到八個，當中有兩個合法蘿莉，利孝至少得找出其中一個。史上最高難度的蘿莉輪盤戀愛喜劇第二集！

各 **NT$220/HK$68~73**

轉生為豬公爵的我，這次要向妳告白 1 待續

作者：合田拍子　插畫：nauribon

第一屆カクヨム網路小說大賽特別賞得獎作！
轉生到動畫世界的少年向壞結局的命運反抗！

意外轉生到動畫世界成為反派豬公爵的我，照劇情走就會直奔壞結局!?這可不行！我要運用熟知的動畫知識以及「全屬性的魔法師」這神扯的無雙能力，變成學園人氣角色，改變命運！然後，致我所愛的夏洛特——我要成為配得上妳的男人，向妳告白。

NT$220/HK$75

發條精靈戰記 天鏡的極北之星 1~13 待續

Kadokawa Fantastic Novels

作者：宇野朴人　插畫：竜徹　角色原案：さんば挿

馬修與波爾蜜訂婚卻引發陸軍與海軍爭端!?
為引導帝國邁向正途，伊庫塔展開行動！

決定與波爾蜜結婚的馬修，對泰德基利奇家與尤爾古斯家之間發生的糾紛頭疼不已。長期的治療結束後，哈洛以士兵身分回歸。托爾威與父兄一起重振精神。女皇夏米優舉辦帝國國民議會，試圖樹立新政治。伊庫塔為引導卡托瓦納帝國展開行動——

各 **NT$180~300/HK$55~90**

國家圖書館出版品預行編目資料

怕痛的我,把防禦力點滿就對了 / 夕蜜柑作 ; 吳松諺譯. -- 初版. -- 臺北市 : 臺灣角川, 2019.07-
冊 ;　公分
譯自 : 痛いのは嫌なので防御力に極振りしたいと思います。
ISBN 978-957-743-091-5(第3冊 : 平裝). --
ISBN 978-957-743-295-7(第4冊 : 平裝)

861.57　　108007940

Kadokawa
Fantastic
Novels

怕痛的我，把防禦力點滿就對了 4

（原著名：痛いのは嫌なので防御力に極振りしたいと思います。4）

2019年10月28日　初版第1刷發行
2022年11月24日　初版第5刷發行

作者：夕蜜柑
插畫：狐印
譯者：吳松諺

發行人：岩崎剛人
總編輯：蔡佩芬
編輯：黎夢萍
美術設計：黃永漢
印務：李明修（主任）、張加恩（主任）、張凱棋

發行所：台灣角川股份有限公司
地址：104台北市中山區松江路223號3樓
電話：（02）2515-3000
傳真：（02）2515-0033
網址：www.kadokawa.com.tw
劃撥帳戶：台灣角川股份有限公司
劃撥帳號：19487412
法律顧問：有澤法律事務所
製版：巨茂科技印刷有限公司
ISBN：978-957-743-295-7